KB059226

전생한 대성녀는 성녀임을 숨긴다

1

토야
Illustration chibi

렌트 숲

별내림 숲

왕 도 ✕

나브 왕국

Sea

N

The Great Saint who was
incarnated hides being a holy girl ZERO

아르테아가 제국

대륙 전체 지도

왕국　　　제국

CONTENTS

The Great Saint who was
incarnated hides being a holy girl ZERO

【SIDE 시리우스】 세라피나라는 사촌 동생

　죽는 순간에는 태어났을 때부터 죽을 때까지 일어난 온갖 일들을 떠올린다고 한다. 하지만…….

　"……하하, 주마등이라기보다는 환상이군. 내가 계속 꿈꾸었던, 이렇기를 바랐던 이상적인 광경이야. ……설마 고작 6살인 세라피나가 실현해 주다니……."

　나는 몇 번이고 눈을 깜빡였으나 눈에 비치는 광경은 변하지 않았다.

　왜인지. 어째서인지.

　그때 눈앞에서 펼쳐진 건 내가 오랫동안 꿈꾸었던――아니, 아니다. 그 이상으로…… 내 이상을 아득하게 뛰어넘은 광경이었다.

　전신의 부상으로 쓰러지려는 기사들의 상처를 순식간에 치유하고 공격력과 속도를 향상시켜 무시무시한 집단을 만들어내는 세라피나의 '성녀'의 힘.

　그리고 기사들을 앞에 세우고 저 멀리 뒤에 숨어있는 것이 아니라 같은 장소에 서서 함께 싸우는 고고한 '성녀'의 모습…….

　"이러한 성녀가 있다니 믿어지지 않아. 애초에 세라피나의 힘은 성녀의 힘인 건가?"

　그녀가 구사하는 것은 여태까지 본 적도 없는 마법으로, 그렇기에 과연 그것이 성녀의 마법인지조차 판단할 수 없었다.

눈앞의 작은 성녀는 그런 전대미문의 힘을 보란 듯이 펑펑 사용해댔다.

너무나도 비상식적인 힘을 보는 바람에 전투 중인데도 메마른 웃음이 흘러나왔다.

"하하하, 뭐지 이 말도 안 되는 힘은? 세상의 섭리가 망가지겠어!!"

마물에게 포위당하긴 했으나 작은 성녀가 압도적인 마법을 연달아 사용하는 덕분에 전혀 질 것 같지 않다.

"하하하하하!"

나는 한 번 더 크게 웃은 뒤 검을 고쳐쥐고 적을 향해 한 걸음 내디뎠다.

◇ ◇ ◇

그날 나는 나브 왕국 국왕의 방에서 프로키온 왕과 테이블을 사이에 두고 마주 앉아있었다.

"세라피나?"

왕의 입에서 낯선 이름이 나오자 그 이름의 주인을 떠올리려고 입으로 중얼거렸다.

그러자 기억에 무언가가 희미하게 걸렸다.

나, 시리우스 유리시즈는 나브 왕국 국왕의 친동생인 아케르나

르 유리시즈 공작의 외동아들이다.

왕국에서는 드문 은발과 은백색 눈동자를 지녔고 장신에다 근육질로 체격이 좋다.

아버지는 귀적에 들었기에 19살이지만 공작위를 이어받았으며, 더불어 나브 왕국 각수(角獸) 기사단 부총장직에 앉아있다.

그 때문에 저마다 입장, 혹은 왕의 조카라는 신분으로 인해 알현실보다도 훨씬 더 입장하기 어렵다는 왕의 방으로 부름을 받는 일이 종종 있었다.

이번에도 여태까지와 비슷한 용건일 것이라며 별다른 생각 없이 왕의 방을 방문했는데 아무래도 조금 다른 모양이었다.

전에 없이 왕은 나 말고 다른 모두를 방에서 내보냈으니까.

시종조차 없어진 방을 둘러보며 의아해하고 있었더니 왕은 멋들어진 모양새의 병을 직접 들고 잔에 따른 뒤 그중 하나를 나에게 건넸다.

소파에 앉아 잔에 입을 대면서 힐끗 쳐다보자 왕은 옆에서 봐도 알 수 있을 만큼 긴장한 모습이었다.

이건 보통 일이 아니라고 조심하고 있었더니 왕은 노골적으로 억지웃음을 지었다.

"아니, 바쁜 와중에 미안하다. 그리고 오랜만에 얼굴을 보았지만, 변함없이 대단한 미남이야. 역시 '각수 기사단 넘버 원 미남 기사'에 3년 연속으로 선발될 만해."

"…………."

왕이 내 외모를 칭찬하는 건 무언가 골치 아픈 일을 떠넘기려고 할 때다.

그걸 익히 알고 있기 때문에 말없이 황당해하고 있었더니 왕은 긴장한 얼굴로 손에 맺힌 땀을 가슴팍에 문질렀다.

그러고는 망설이면서 입을 열었다.

"세라피나를 알고 있나?"

"세라피나?"

순간 누굴 말하는 건지 이해하지 못했기에 이름의 주인을 떠올리려고 입으로 중얼거렸다.

그러자 왕은 추욱 고개를 떨궜다.

"……그래. 이 나라 중요 인물의 이름을 모두 외우고 있는 네가 세라피나의 이름을 들어도 바로 떠올리지 못하는구나. 그건, ……상당히 충격적이야. 세라피나는 내 막내딸이자 올해로 6살이 되는 나브 왕국의 제2왕녀다."

왕의 입에서 나온 설명에 그제야 기억 한구석에 걸렸던 것이 형상을 만들었다.

……그래, 그런 게 있었지.

확실히 약 6년 전에 새 왕족의 탄생을 축하하는 피로연이 열리고 왕비가 하얀 레이스 드레스에 파묻힌 작은 아기를 안고 있었다.

그 왕녀는 그 후로 어떻게 되었더라?

3명의 왕자와 제1왕녀는 종종 볼 기회가 있었으나 세라피나 왕녀는 피로연 이후 본 기억이 일절 없었다.

어지간히 성 안쪽 깊은 곳에서 키우고 있는 모양이다. 잔을 입으로 가져가며 그런 생각을 하고 있을 때 왕이 큰 한숨을 쉬었다.

"……아니, 네가 세라피나를 모르는 건 지극히 당연한 일이다. 왜냐하면 그 아이는 왕성에 없으니까 볼 일도 없었지. 세라피나는 렌트 숲에서 살고 있어."

"렌트 숲?"

그곳은 변경지라고도 할 수 있는, 왕국 동쪽 끝에 위치하는 깊은 숲이었다.

도저히 한 나라의 왕녀가 살 장소가 아니다.

"왜 세라피나는 그런 장소에서 사는 겁니까?"

의문을 느끼는 대로 국왕에게 물었다.

그러자 국왕은 문이 굳게 닫혀있는 걸 확인한 다음 말하기 어렵다는 듯 입을 열었다.

"극히 한정된 자밖에 모르는 사실이지만, ……세라피나는 태어났을 때부터 눈이 안 보였다. 원인 불명의 눈병을 안고 있지. 태어난 직후부터 여태까지 많은 의사와 성녀에게 보여주었지만, 누구 한 명 치유할 수 없었다."

그것은 처음 듣는 이야기였기 때문에 나는 놀라서 눈을 크게 떴다.

……그래. 여태까지 정보가 전혀 새어 나간 적이 없었던 걸 돌아보면 왕은 어지간히 이 일을 비밀로 하고 싶은 모양이다. 즉 그만큼 왕녀를 아끼는 것이다.

보통 신체적 결함은 왕족에게 커다란 단점이 된다.

그 때문에 왕은 아버지로서 어린 왕녀를 지키려고 한 것 같다고 고찰하고 있을 때 프로키온 국왕은 깍지 낀 두 손에 시선을 떨어트린 채 고통스러운 듯 말을 이었다.

"아마도 세라피나의 눈은 평생 낫지 않을 거야. 그 아이는 빛이 없는 세상과 평생 함께할 수밖에 없는 거다."

그것은 어린 왕녀에게 무척이나 괴로운 일일 것이다.

하지만 왕국의 최고 권력자가 쓸 수 있는 모든 수단을 쓴 끝에 나온 결론이라면 어떻게도 할 수 없는 상황이겠지.

속이 답답해져서 작게 한숨을 쉰 뒤 나는 잔을 쭉 비웠다.

왕은 말을 이었다.

"알다시피 왕성은 음모가 횡행하고 사소한 실수가 발목을 잡는 방심할 수 없는 곳이지. 이런 장소에서 맹인인 세라피나는 절호의 먹이가 될 거다. 따라서 그 아이의 눈이 보이지 않는 동안에는 멀리 격리해두고 눈이 완치했을 때 왕성으로 불러들이려고 했는데, ……오늘까지 온갖 방법을 시도해 보았지만 세라피나의 눈에는 하나도 효과가 없었다."

거기서 일단 말을 끊더니 왕은 깍지 낀 손에 힘을 꽉 주었다.

"그러니…… 나을 가망이 없다면 빨리 세라피나를 왕성에 데리고 오겠다고 결의했다."

"폐하의 마음은 이해합니다."

내가 그렇게 맞장구를 치자 왕은 고뇌하는 듯한 표정으로 말을 이었다.

"세라피나는 왕족으로서 살아야만 하지. 그렇다면 빨리 왕성에 적응해서 자신의 위치를 확립해야 해. 괴로운 길이지만 그 아이는 제 다리로 서야만 하니……."

왕은 거기서 고개를 들고는 몸을 앞으로 내밀어 내 두 손을 잡고 애원하듯 바라보았다.

"시리우스, 부탁이다! 한 아이의 아버지로서 하는 부탁을 부디 들어줘! 내 조카이자 왕국 최고의 대귀족 유리시즈 공작이자 각수 기사단 부총장인 네가 세라피나를 데리러 가줘!!"

그것은 딸을 염려하는 아버지로서 합리적인 요청이었다.

왜냐하면 왕도에서 떨어져 사는 왕녀를 누가 데리러 가는지에 따라 사람들은 왕녀의 가치를 가늠할 테니까.

왕이 손수 데리러 갈 수는 없기에 대리를 세울 필요가 있는데, 그렇다면 그 대리를 누가 하는지 따져보았을 때, ——냉정하게 생각해서 나보다 더 적합한 자는 없을 것이다.

나브 왕국에서 국왕 다음으로 중요한 역할을 맡았고 차기 기사단 총장이 확실시되고 있는 데다, ——국민의 인기도 탄탄하기 때문이다. 기사로서 매일 많은 마물을 쓰러트리기 때문에 국민에게 안전을 제공하는 자로서.

"세라피나는 제 사촌 동생이니 데리러 가는 건 이상한 일이 아닐 테죠. 알겠습니다, 받아들이겠습니다."

나는 주저 없이 왕에게 대답했다.

그러자 국왕은 환하게 빛나는 얼굴로 말을 추가했다.

"고맙다, 시리우스! 그 김에 세라피나의 가치를 올려줘!!"

"네?"

"그 아이의 머리카락은 붉은색이니까 뛰어난 성녀가 될 수 있을 거다. 하지만 성인이 되기 전이니 정령과 계약할 수 없고, 대단한 힘을 사용하지 못하니 그 아이가 직접 힘을 보여줄 수는 없지. 그러니 네가 오는 길에 세라피나의 성녀다운 이야기를 날조해서 '우와, 세라피나는 대단해!!' 하고 큰 소리로 떠벌리며 돌아오는 거야. 너는 굉장한 미형이라 여성들에게서 막대한 인기를 누리잖아. 그리고 최강의 기사로서 남성들에게도 인기가 많지. 즉 네가 말하는 건 모든 국민이 믿으니 이걸 이용하지 않을 수는 없어!!"

"…………."

그래. 국왕은 이런 사람이었지.

나는 욱신거리기 시작한 머리를 짚으며 적절한 타이밍이라고 보고 퇴실 허락을 받았다.

왕은 싱글벙글 웃으며 '시리우스, 부탁한다. 세라피나는 대단한 성녀임을 국민들이 바로 이해할 수 있도록 선전해줘'라며 무리한 요구를 해댔다.

복도로 나온 나는 절절한 한숨을 쉬었다.

그 후 멀리 떨어진 곳에 사는 사촌 동생을 상상했다.

……세라피나가 사는 렌트 숲에는 왕가의 별궁이 있지만 아주 낡은 곳으로 기억한다.

더불어 왕도에서 먼 벽지에 있기 때문에 찾아오는 사람도 한정적일 것이다.

그렇게 화려함과는 거리가 먼 장소에서 몇 없는 시녀와 시종, 기사들과 함께 사는 것이다── 태어났을 때부터 계속. 눈이 보이지 않는 채로.

그건 어린 왕녀에게 무척 외로운 생활이겠지.

따라서 그때의 나는 왕녀를 몹시 동정했던 것 같다.

그 아이는 앞으로 눈이 보이지 않아 속상한 일을 겪을지도 모른다.

그렇다면 하다못해 그녀의 뒷배가 되어 지켜주자.

그렇게 오늘도 내일도 그다음 날도 스케줄이 꽉꽉 들어찬 것을 알면서도 왕도에서 멀리 떨어진 동쪽 땅을 찾아갈 계획을 짜기 시작했다.

──훗날 실제로 왕녀를 만난 나는 동정 같은 건 완전히 잘못 짚었음을 깨닫게 되지만.

그러한 미래를 내다보는 힘이 없는 나는 어이없게도 어린 왕녀를 보호할 생각이나 하고 있었다.

【막간】 나브 왕국과 성녀

나브 왕국은 대륙의 서쪽 끝에 위치한 중간 규모의 나라다.

대륙의 세력 분포를 보면 아르테아가 제국이 특출나게 두드러진다. 제국은 그 강대한 힘으로 북동부를 점유했다.

그리고 나브 왕국을 포함한 대략 10개 정도 되는 중소국이 대륙의 나머지 지역을 나누고 있었다.

그런 나브 왕국이지만 전설에 따르면 국가의 시작에 정령왕이 있었다고 한다.

정령왕은 인간 여자와 사랑에 빠져 아이를 만들었고 그 아이가 왕가의 시조가 되었다.

그 때문에 왕국은 정령에게 사랑받으며, 많은 정령이 나브 왕국에 살고 있었다.

한편 숲이나 바다에는 많은 마물이 있다.

이러한 마물과 싸울 때, 혹은 적국과 싸울 때 회복 마법을 사용하는 자가 있는지 없는지에 따라 전황이 크게 바뀌었다.

일반적으로 다친 사람은 회복약에 의존할 수밖에 없으나 이 약은 치유하는 데 상당한 시간이 필요하다.

따라서 다친 사람은 일단 전선에서 이탈해야만 한다.

이 당연한 섭리를 '성녀'라고 불리는 회복 마법사는 뒤엎을 수 있었다.

왜냐하면 성녀는 회복약과는 비교가 되지 않을 만큼 짧은 시간 내에 상처를 치유할 수 있기 때문이다.

다만 공격 마법과는 술식이 다르므로 회복마법을 사용하는 건 막대한 마력이 필요하다.

그건 평균적인 마력을 지닌 사람이 회복마법을 한 번 사용하면 마력 고갈을 일으킬 정도의 양이었다.

이것을 보완하기 위해 성녀는 다들 정령과 계약했다.

정령과 계약하면 대기 중의 마소를 에너지로 사용할 수 있기에 대략 10배의 회복 마법을 사용할 수 있게 되기 때문이다.

정령은 여성만을 상대하지만 계약해달라고 하면 다들 허락해 주었다.

그리고 정령과 계약한 성녀는 그 증표로서 손등에 계약 문양이 새겨진다.

정령은 말을 하지 않으므로 상세한 의사소통이 어려워 불분명한 점도 많았지만, 모든 정령이 어른의 모습이었다.

그리고 성인이 된 인간하고만 계약을 맺었다.

또 정령에게도 능력의 편차는 있으며 능력이 뛰어난 정령일수록 붉은 머리카락의 성녀를 선호했다.

성녀들은 정령을 사랑하고, 존경하고, 소중히 아끼며 정령의 힘을 빌렸다.

그런 성녀들이 할 수 있는 건── 상처를 회복하는 것. 잘린 부위를 재생하는 것. 병을 치유하는 것. 가벼운 상처를 낫게 하는 회복약을 만드는 것.

　그리고 이 기적이라고도 부를 수 있는 마법을 구사할 수 있는 건 성녀뿐이었다.

정령의 숲에 사는 성스러운 왕녀

"졸려……. 아침일지도, 모르지만…… 졸려."

나는 침대 안에서 이불을 뒤집어쓴 채, 나를 깨우러 와 준 친구에게 비몽사몽 한 상태로 대답했다.

동시에 몸은 어느새 이불 속으로 더 깊이 파고들었다.

그런 나를 보고 장난치는 걸 좋아하는 친구가 이불을 홀랑 벗기려고 작은 손을 뻗었지만, 나는 당하지 않으려고 한층 더 이불 속에 파고들었다.

그리고 이불을 뺏기지 않기 위해 몸에 단단히 둘렀다.

그러자 친구── 정령 아이가 황당해하며 큰 목소리로 말했다.

《피, 적당히 해! 이렇게 아침에 못 일어날 정도라면 밤에 마법 연습하는 걸 낮으로 바꾸면 되잖아.》

지극히 타당한 정령의 말에 나는 포기하고 이불에서 얼굴을 내민 뒤 정령이 있는 방향으로 고개를 돌렸다.

정령에게 생긋 웃은 뒤 비위를 맞추는 그럴싸한 말을 건넸다.

"안녕. 반짝반짝 아름다운 아침이네."

《……피는 아무것도 안 보이잖아. 해가 반짝반짝 빛나고 있는지 아닌지 어떻게 알아?》

"에이, 세븐도 참 날카로운 소릴 하네."

나는 말문이 막혀서 난처하게 입을 다물었다.

──전부 내 귀여운 정령의 말대로니까.

나, 세라피나 나브는 나브 왕국 왕가의 제2왕녀로 태어났다. 올해로 6살이다.

시녀들의 이야기에 따르면 내 머리카락은 붉은색이라고 한다.

그리고 붉은 머리카락은 정령에게 사랑받는 좋은 머리카락이라고 해서 등 중간까지 내려갈 만큼 길게 길렀다── 아쉽게도 그 모습을 내 눈으로 보지는 못하지만.

왜냐하면 나는 태어났을 때부터 앞이 보이지 않아 눈꺼풀을 감고 있기 때문이다.

그런 내 두 눈은 희미한 빛조차 느끼지 못하기 때문에 정령의 말대로 오늘 날씨가 좋은 건지 구름이 꼈는지조차 알 수 없었다.

그렇기에 나를 걱정한 부모님은 내가 태어나자마자 바로 렌트 숲에 있는 별궁으로 보냈다.

아무런 구속도 속박도 없는 아름다운 자연 속에서 마음 편히 살라는 부모님의 희망 사항대로 생활할 수 있게끔.

렌트 숲에는 마시면 몸에 좋다는 샘이 있어서 부모님은 내심 내 눈이 회복되는 걸 기대했던 것 같지만 6년 동안 매일 샘물을 마셨는데도 불구하고 회복할 기색은 보이지 않았다.

또 때때로 의사나 성녀가 찾아와 내 눈을 봐주었지만 아무도 내 눈을 뜨게 하지는 못했다.

그래서 눈이 낫지 않는다면 내가 별궁에 온 것 자체가 무의미한

일이고, 나는 왕성에 있어야 한다고 다들 생각하는 모양이었다.

하지만 나는 진심으로 이 별궁에 와서 다행이라고 생각했다.

왜냐하면 나에게만 보이는 많은 친구들과 만날 수 있었으니까.

별궁에 오고 얼마 지나지 않았을 때는 내 눈이 보이지 않아서 위험하다는 이유로 밖에 전혀 나가지 못하게 했다.

하지만 내가 3살이 되었을 때 시녀와 기사를 대동하는 조건으로 숲에 들어가는 걸 허락해주었다.

렌트 숲에는 마물이 한 마리도 없고, 내 다리에도 문제가 없으니 큰 위험도 없다고 판단했기 때문이다.

──처음 숲에 왔던 날은 아침부터 가슴이 술렁거렸다.

무언가 특별한 일이 일어날 것 같은 예감에 기분이 자꾸만 들썩거렸다.

어째서인지 숲에서 나를 부르는 듯한 느낌마저 들어 떨리는 가슴을 다독이며 렌트 숲으로 들어갔지만 내 눈에 보이는 건 여태까지와 마찬가지로 캄캄한 어둠일 뿐 특별한 일은 아무것도 없었다.

그래서 나는 예상이 빗나갔다고 실망했다. 하지만 잠시 후 그 어둠 속에서 작고 하얀 구체가 퐁, 퐁 나타났다.

그건 내가 처음으로 어둠이 아닌 다른 것을 느낀 순간이었기에 처음에는 무슨 일이 일어난 건지 알 수 없었다.

깜짝 놀라서 우두커니 서 있었지만 나는 곧바로 그 하얀 빛에 푹 빠졌다.

천천히 걸어가 손을 뻗어 인내심 있게 기다리자 그 빛은 내 손

위에 올라와 주었다.

"와아."

기뻐진 나는 커다란 나무 아래에 앉아 종일 그 하얀 빛을 손바닥에 올렸다.

바람이 산들산들 불어와 무언가 말을 거는 것처럼 느꼈지만 아쉽게도 내 귀는 의미 있는 소리를 듣지 못했다.

그리고 내 시녀도 기사도 모두 내가 느끼는 하얀 빛을 보지 못했다.

그 사람들의 눈에는 내가 아무것도 없는 손바닥을 생글생글 웃으며 쳐다보는 것처럼 보였다고 한다.

그럼에도 '하얗고 반짝반짝한 게 손에 있어'라는 내 말을 어린 왕녀의 공상이라고 치부하는 사람은 아무도 없었다.

오히려 '세라피나 님께선 저희에게는 보이지 않는 게 보이시나 보네요', '그건 세라피나 님을 지켜주는 무언가 좋은 것일지도 모릅니다'라며 내가 본 빛을 긍정해주었다.

──결국 그 하얀 빛은 어린 정령들이었고, 매일 같이 지내자 정령들의 모습과 그들의 말을 조금씩 알 수 있게 되었지만, ──신기하게도 나 말고는 아무도 어린 정령들의 모습을 보지 못하고 말도 듣지 못했다.

따라서 다들 정령들을 '보이지 않는 좋은 것'이라고 불렀다.

그 '보이지 않는 좋은 것'인 귀여운 정령이 오늘도 아침부터 나를 깨우러 와 주었다.

나를 가장 많이 돌봐주는 건 나와 비슷한 나이인 것 같은 《세
븐》이라는 이름의 남자아이 정령이었다.

　눈은 보이지 않지만 시간이 지나면서 정령들의 모습을 점점 파
악할 수 있게 된 나는 하얀색 일색이긴 해도 세븐의 모습을 뚜렷
하게——세세한 이목구비에 이르기까지 구분할 수 있게 되었다.

　그런 세븐은 커다란 눈을 부릅뜨고 내 옷을 잡아당기면서 초조
하다는 듯 말을 이었다.

　《피, 이불 속에서 웅얼거리지 말고 슬슬 일어나지 그래? 오늘
은 왕도에서 손님이 오니까 일찍 준비하는 게 나아.》

　"어? 왕도에서 손님?"

　나는 순식간에 상반신을 일으킬 정도로 놀랐다.

　"하지만 내 생일은 아직이니까 아버지의 선물을 가져오는 건
아닐 테고. 일부러 손님이 올 만한 이유가 또 있나?"

　계절마다 보내는 선물은 기사들이 맡아서 나에게 가져다주었
지만, 그건 정식 사자를 보내는 형태는 아니었다.

　정령이 '손님'이라고 표현하는 정식 사자쯤 되면 내 생일 선물
밖에 떠오르는 게 없는데…… 정령들의 정보는 정확하고 절대
틀리지 않으니까…….

　"으음, 무슨 일인지 생각하기보다 옷을 갈아입는 게 좋겠다. 왕
도에서 오는 손님이라면 예쁜 드레스를 입어야 하나?"

　잠옷 차림으로 그 자리에서 빙글 돌자 세븐이 어이없다는 듯 한
숨을 쉬었다.

　《피의 예쁜 드레스는 지난번 우리에게 보여주려고 숲에 입고

왔다가 넘어져서 흙투성이가 되었잖아. 시녀에게 그렇게 혼나놓고 벌써 잊어버렸어?》

"으윽, 그랬지. 그럼 더럽지 않은 평범한 드레스 입을게."

그렇게 대답한 그때 시녀가 방으로 들어와 나를 갈아입혀 주었다.

아침 식사 준비가 다 되었다는 시녀의 말에 세븐을 향해 고개를 돌리자 《한 명, 하아아안참 멀리에 추가로 열 명》이라고 중얼거렸다.

그래서 시녀에게 부탁했다.

"오늘은 나에게 손님이 올 것 같아. 곧 도착하니까 아침은 같이 먹을래. 한 명이야. 하지만 조금 더 있으면 열 명이 더 와."

내 말을 들은 시녀는 당황하며 말했다.

"네? 그렇습니까? 세라피나 님의 감은 늘 잘 맞았으니까 이번에도 그렇겠죠. 아아, 하지만 이런 이른 아침에 손님이라고요?! 대체 어떤 비상식적인 사람인 거죠? 게다가 11명이나! 서둘러 주방에 요리를 추가하라고 말하겠습니다."

허둥지둥 분주하게 달려간 시녀의 뒤를 따라가듯 나도 침실을 나와 현관으로 향했다.

이 별궁의 주인은 나니까 손님을 마중하기 위해서다.

현관 밖에서 잠시 기다리자 말이 달려오는 소리가 들렸다.

발소리를 보아 말이 달리는 속도가 굉장히 빠르며 한 마리뿐이라는 걸 알 수 있었다. 손님은 귀족이 아니라 기사가 아닐까.

그 손님은 현관 앞에 도착하자 가뿐하게 말을 세우고 훌쩍 내려왔다.

그러고는 현관 기둥 옆에 서 있던 나에게 다가오더니 몇 걸음 앞에서 발을 멈췄다.

"네가 세라피나로군. 안녕, 나는 시리우스 유리시즈. 네 사촌 오빠다."

"아, 왕국의 용사님!"

시골에 틀어박힌 나도 들어본 적이 있는 이름에 놀라서 두 손으로 입을 가렸다.

그러고는 퍼뜩 정신을 차린 뒤 드레스를 잡고 무릎을 살짝 굽혀 인사했다.

"처음 뵙겠습니다, 세라피나 나브입니다. 먼 곳까지 잘 오셨습니다."

"……처음이라니, ……용케 내가 지금까지 네게 인사한 적이 없었다는 걸 알았군."

"네?"

"6년 전 네 생일을 축하하는 피로연에 나도 참석했었지만, 어차피 갓난아기의 기억에는 남지 않을 테니 네게 인사하지 않았거든. 6년이 지나 그 무례를 반성해야만 하다니, 인과응보로군."

갑작스러운 친근한 어조에 놀라서 말없이 시리우스를 올려다보자 난처해하는 듯한 목소리가 내려왔다.

"……미안. 어린아이를 대하는 건 처음이라 분위기를 풀려고 농담한 거였는데 이상했나? 나는 원래 입이 거칠어. 기분이 상했다면 미안하다."

"아, 아뇨! 저야말로 6년 전에 제대로 인사하지 못했습니다. ……제 '응애'는 '처음 뵙겠습니다'라는 의미거든요."

내 말을 들은 시리우스는 쾌활하게 웃었다.

"하하하하하, 그렇구나! 그건 내 독해력이 부족했었군. 사실 6년 전 네 앞까지는 갔지만 어째서인지 내 모습을 본 네가 갑자기 울음을 터트렸어. 그래서 이 이상 무섭게 하면 안 된다며 허둥지둥 물러났는데. 그래, 그건 나한테 인사한 거였구나."

그렇게 말하더니 시리우스는 진지한 얼굴로 똑바로 서 있던 조금 전과는 다르게 웃으며 몸을 숙이고는 커다란 손을 내밀었다.

"그럼 재회 인사를 다시 할까. '안녕, 세라피나. 오랜만이야. 사촌 오빠인 시리우스다'."

"어? 저기……."

"세라피나, 거기선 '오랜만이야, 시리우스'라고 대답해야지. 우리는 6년 만에 만나는 거니까 존댓말도 빼."

"네? 그건……."

놀라서 말문이 막혀버린 내 손을 잡더니 시리우스는 나를 건물 안으로 유도해주었다.

앞이 보이지 않는 나를 배려해주는 건지 그의 보폭은 좁았고 걷는 속도도 느릿느릿했다. 좋은 사람이다.

──사실 정령들 덕분에 시리우스의 모습은 대충 파악하고 있

었다.

요즘은 정령 근처에 있는 건 흐릿하게 형태를 파악할 수 있게 되었고, 그걸 아는 정령들은 매번 새 사람이 올 때마다 앞다퉈 그 사람의 얼굴이나 몸 주변에 달라붙기 때문이다.

그리고 오늘도 내 친절한 정령들은 시리우스의 두 손, 두 발 등에 꼭 붙어있다. 그가 몸을 움직일 때마다 정령이 움직여서 나는 그 움직임을 감지할 수 있다.

하지만…… 어째서인지 평소에는 얼굴 주변에 여럿 모이는 정령들이 오늘은 시리우스의 입 주변에 한 명만 있을 뿐이었다.

이래서는 시리우스의 입술 움직임만 알 수 있으니 표정을 읽어 내지 못한다.

어째서인지 의아해하고 있을 때 세븐이 귓속말했다.

《정령의 동정심이야. 이건 비밀인데, 시리우스는 아주아주 못 생겼거든. 불쌍하잖아.》

하지만 상대가 어떤 표정인지 전혀 알 수 없으면 내가 곤란할 테니까 한 명은 입 옆에 있는 거라고 설명하는 세븐의 말에 깜짝 놀랐다.

저런, 장난을 좋아하는 정령들치고는 배려심 있는 행동이구나. 하지만 시리우스처럼 친절한 사람이라면 얼굴이 어떻게 생겼든 상관없을 텐데. 그런 생각을 하며 걸어갔다.

별궁 구조가 머릿속에 들어있는 듯한 시리우스는 응접실로 향하려 했으나 가령(家令)이 조식실로 안내해서 방향을 바꾸었다.

"세라피나는 아침을 아직 안 먹은 거였군. 너무 일찍 왔나 봐."

"시리우스 님은 이미 드셨어요?"

"다시. 6년 만에 만난 사이 좋은 사촌 동생님."

"……시리우스는, 먹었…… 어?"

시리우스의 요구대로 말투를 바꾸자 그는 칭찬하듯 내 머리를 쓰다듬었다.

"아니, 하지만 한 끼 빼먹는다고 해도 별것 아니야. 물만 마시면 며칠 정도는 안 먹어도 괜찮아."

"와."

조식실 입구로 들어가자 시리우스가 당황한 듯 발을 멈췄다.

테이블 위에 2인분의 식사가 마련되어있었기에 이상하게 생각한 모양이다.

나는 쭈뼛거리며 입을 열었다.

"시리우스가 아침을 안 먹어도 되는 사람인 줄 몰라서 준비해 놨어."

"……어떻게 내가 온다는 걸 알았지?"

"어? 아니, (손님이 한 명 온다는 건 알았지만 그게 시리우스라는 건) 몰랐는데."

시리우스의 말투가 날카로웠기에 화가 났다고 느낀 나는 당황하며 대답한 뒤 괜한 짓을 했다며 고개를 푹 숙였다.

그러자 시리우스가 내 머리 위에 손을 올렸다.

"미안, 화난 건 아니지만 내 말투는 어린아이에게는 너무 세게 들리나 봐. 앞으로는 조심할게. 즉, ……마침 배가 고팠던 참이니 고맙다는 뜻이야."

"와!"

기뻐서 환하게 웃자 시리우스는 내 등에 손을 대고 가장 상석으로 안내해주었다.

그리고 자신은 그 맞은편에 앉았다.

시리우스가 시녀에게 신호를 보내자 아침 식사가 시작되었다.

——솔직히 말해서 시리우스와 같이 먹는 아침은 아주 즐거웠다.

그는 말을 줄줄 늘어놓는 타입은 아니지만 나를 잘 지켜보고 필요한 말을 건네기 때문이다.

그리고 시리우스를 위해 아침을 마련하게 한 나를 배려한 건지 모든 요리를 칭찬해주었다.

왕도에서 사는 시리우스는 이보다 더 맛있는 아침을 매일 먹고 있을 텐데. 그 다정함에 가슴이 따뜻해졌다.

아침을 다 먹고 식후 우유를 느긋하게 마시고 있었더니 현관 홀에서 여러 명의 발소리가 쿵쿵 울렸다.

"⋯⋯도착했나."

시리우스가 그렇게 중얼거리는 것과 동시에 10명의 기사가 식장으로 우르르 들어왔다.

"부총장님! 간신히 따라잡았잖습니까! 제발 혼자 먼저 가버리지 마세요!! 저희는 부총장님의 호위이기도 한데 혼자 가버리시면 누구를 호위해야 하는 겁니까?!"

"절대 다치진 않으니까 걱정하지 마라."

"그건 그렇겠지만요, 그런 게 아니라고요!"

갑자기 떠들썩해진 조식실에 당황하고 있었더니 어디선가 시녀들이 나타나 테이블에 식기를 놓기 시작했다.

"여기 있는 기사들의 몫이라면 신경 쓰지 마."

시리우스가 재빨리 시녀들을 막으려고 했으나 시녀장이 한 걸음 앞으로 나와 머리를 숙였다.

"각하, 반박하는 셈이 되어 죄송합니다만 이미 기사들을 위한 요리를 준비했습니다. 지금 막 완성되었으니 괜찮다면 드셔주셨으면 합니다."

시리우스가 의심스럽게 시녀장을 쳐다보는 가운데 뒤에 있던 기사들이 환호했다.

"야호! 추운 아침에 말을 달려온 보람이 있네요!"

"왕녀 전하께서 아침 식사에 초대해주시다니 최고의 영광입니다! 당연히 거절하지 않을 테니까요."

그러고는 기사 중 한 명이 시리우스를 보았다.

"시리우스 부총장님, 의심스러워하시는데, 저희가 단장님 뒤를 쫓아오는 건 누구나 예상할 수 있는 일이거든요! 부총장님처럼 신분 높은 분이 혼자 움직인다는 건 말이 안 되니 말입니다! ……그렇죠, 전력이 안 된다고 간주된 기사들이 죽어라 쫓아오리라는 건 누구든 예상할 수 있는 범위입니다. ……아, 내가 말해놓고 눈물 난다."

기사들은 내 쪽으로 몸을 돌려 정중히 머리를 숙였다.

"제2왕녀 전하, 깊은 온정으로 아침 식사에 초대해주신 것 감사드립니다! 이야, 이런 뜻밖의 행운이 존재하네요."

"오늘 아침은 해가 뜨자마자 출발했으니까 솔직히 배가 등에 달라붙을 것 같거든요! 세라피나 전하, 배려해주셔서 감사합니다."

기사들은 각자 자리에 앉더니 시녀들이 가져다주는 식사에 연신 손을 뻗었다.

그들은 말도 많았고 식사량도 많았다. 아마 다들 내 10인분씩은 먹은 것 같다.

그 결과 요리사들이 보란 듯이 만든 산더미 같은 요리를 기사들은 모조리 깨끗하게 비웠다.

그 때문에 우리 자랑스러운 요리사들은 빈 접시를 앞에 두고 '크으, 완패다! 하지만 다 먹어줘서 기분 좋아!'라고 신음했다고 한다.

◇ ◇ ◇

아침을 먹은 뒤 시리우스는 나를 응접실로 데려갔다.

그리고 테이블을 사이에 두고 맞은편 소파에 앉았다.

침묵이 흘렀지만 나는 시리우스의 시선을 느꼈다.

정령들은 여전히 시리우스의 입 아래로만 날아다녔기 때문에 그의 표정은 잘 알 수 없었지만, 나를 바라보고 있다는 건 피부로 느껴졌다.

불편함을 느끼고 드레스 자락을 잡아당기고 있었더니 시리우스가 입을 열었다.

"어떻게 표현하든 내용은 달라지지 않으니까 단도직입적으로 말할게. 네 아버지인 프로키온 왕의 부탁으로 여기에 왔다. 왕으로서가 아니라 한 아이의 아버지로서 하는 부탁을 받아들였지. 네 눈이 나을지도 모른다는 희망을 품고 너를 이곳에 보냈지만, 정작 왕이 네가 없다는 외로움을 견디지 못하게 된 모양이야. 그래서 나에게 널 왕성까지 데리고 돌아와달라고 했지."

나는 당황해서 손을 맞잡았다.

──처음 이 별궁에 왔을 때 내 세상에는 암흑밖에 없었다.

그렇기에 나를 온갖 위험으로부터 멀리하고 싶어 한 시녀들과 기사들은 내가 별궁 안에 틀어박혀 있는 걸 원했다.

하지만 3살 때 무언가의 부름을 받듯 숲에 들어갔을 때, 나는 처음으로 암흑 말고 다른 것을── 정령의 하얀 빛을 느낄 수 있었다.

그건 검은색투성이인 세상밖에 몰랐던 나에게 밝고 즐거운 것이었다.

그날 이후로 계속 나는 정령들과 함께 살았다.

나에게 다양한 것을 보여주고 가르쳐준 건 정령들이다.

그리고 이 정령들은 이 숲에만 있다.

왕도에 간다는 건 내가 그들 모두와 작별하고 외톨이가 된다는 걸 의미한다.

하지만 그렇다고 해도 나를 만나고 싶다는 아버지의 마음을 무시하는 건 딸로서 매정한 행위일 게 틀림없다.

시리우스의 말에 왕성으로 돌아가고 싶다고도 돌아가기 싫다고도 할 수 없어 침묵을 지키자 그가 소파에서 일어났다.

시리우스는 그대로 테이블을 돌아 내 옆에 앉더니 나를 가볍게 안아 들었다.

그러고는 가슴에 딱 붙이는 자세로 나를 허벅지 위에 앉히더니 내 등에 한쪽 팔을 감았다.

너무 놀란 나는 입을 떡하니 벌리고 시리우스가 하는 대로 가만히 있었다.

태어났을 때부터 가족과 떨어져 살았던 나는 가족이 껴안아 준 기억도 없다.

그리고 나는 왕녀니까 기사나 시녀가 내 몸을 건드리는 건 업무 수행 시 필요할 때뿐이고, 그런 게 아니라면 절대로 건드리지 않았다.

즉, 나는 내 기억 속에서는 처음으로 (경호나 옷 갈아입히기 등) 업무상의 필요성과 상관없이 다른 사람에게 스킨십을 받고 품에 안긴 것이다.

너무나 큰 충격에 전신이 굳어버렸지만, 시리우스는 내가 놀란 줄도 모르고 조용히 말을 이었다.

"왕은 네가 이 땅에서 만족하는 걸 몰라. 그러니까 왕도에서 멀리 떨어진 곳에서 혼자 외로워하고 있을 거라고 상상하고 불러오고 싶어진 거지……. 너를 위해서. 그러니 네가 여기 있는 게 더 행복하고 남고 싶다면 내가 왕에게 그렇게 전달하마."

"어! 그, 그래도 돼?"

시리우스는 대답하지 않았던 내 태도에서 여기에 남고 싶은 내 마음을 읽어낸 것 같았지만 아버지는 왕이다.

그는 왕의 명령을 받아서 온 것이니 거역할 수 있으리라고는 상상도 못했기에 놀라서 되물었다.

그러자 시리우스는 공기를 피식 흘리기만 하는 웃음소리를 냈다.

"물론이지. 우리는 오랜 친구니까. 친구를 위해서라면 기사는 강대한 권력에도 거스르는 법이야."

"어!"

놀라는 나를 보며 시리우스가 미안해하는 목소리로 말했다.

"미안해, 내 재미없는 농담이었다. 왕은 네가 가장 행복해질 수 있도록 하려는 거니까 여기에 있는 게 네 행복이라면 나는 그걸 정확하게 전달하기만 해도 될 거야. 하지만, ⋯⋯여기가 멋진 장소이고 네가 만족한다는 걸 우리가 몰랐던 것처럼 너는 왕성이 어떤 곳인지를 모르지."

"응."

태어나고 바로 여기에 왔으니 시리우스의 말이 맞았다.

"그러니 괜찮다면 한 번 왕성으로 돌아와서 그곳 생활을 체험해보지 않겠어? 어쩌면 그쪽 생활이 더 마음에 들지도 모르지. 그래도 역시 여기가 좋다면 네 아버지, 어머니, 오빠, 언니, 모두 내가 물리치고 여기로 데려다줄게."

"와아."

시리우스의 제안은 무척이나 타당하면서도 파격적이었다.

그리고 다정함으로 넘쳐났다.

왜냐하면 그는 내 마음만을 고려해서 발언해주고 있으니까.

처음 시리우스는 왕이 외로워한다고 설명했었는데, 내가 여기에 남고 싶어 한다는 걸 알아차린 이후 왕의 감정은 일절 이야기하지 않게 되었다.

그건 내가 역시 별궁에서 살고 싶다고 했을 때 아버지는 나와 같이 살고 싶어 하는데 나는 떨어져서 살고 싶어 하다니 나는 매정한 걸지도 모른다고 고민하지 않게 해주려는 거겠지.

순간적으로 거기까지 생각해주는 시리우스는 정말로 다정한 사람이다.

가슴이 따뜻해지긴 했지만 그래도 시리우스의 제안에 즉답하지 못하고 있었더니 그는 안심시키려는 듯 내 머리에 손을 올렸다.

"가능하면 내가 여기를 떠날 때 같이 돌아가 주면 좋겠지만, 이런 중요한 결단은 서둘러서 내릴 게 아니지. 나는 당분간 이 별궁에 머무를 테니까 떠날 때 답을 들으마."

당시 나는 잘 몰랐지만, 시리우스는 왕국에서 제일가는 대귀족이자 기사단에서 제일 바쁘다고 불리는 기사단 부총장이기도 했다.

그런 그에게 시간은 대단히 귀중한 것이며 왕도에서 떨어진 이곳을 왕복하는 것만으로도 힘든 일이었다.

그런데도 이때 그는 내가 성급히 결정해서 나중에 후회하지 않도록 체류기간을 더 늘려준 것이다.

그런 상황 같은 건 모르고 시리우스가 당분간 여기에 있다는 사실을 단순하게 기뻐하는 나에게 그는 자조하듯 입술을 일그러트렸다.

"미안하다, 세라피나. 실제로 볼 때까지 나도 네가 여기에 만족하고 있을 줄은 몰랐어. 앞으로 나는 여기서 네가 얼마나 만족스럽게 사는지 확인하고 왕에게 전달하려고 해. 혹은 네가 이곳의 어떤 점에 만족하는지 파악해서 네가 왕도에서 살겠다고 결심하면 같은 것을 제공하마."

"어!"

나는 깜짝 놀라 그 이상 말을 이을 수 없었다.

시리우스는 나를 계속 기뻐서 놀라게 하는구나.

그가 한 말은 내가 어느 장소를 선택하든 지금 느끼는 것과 같은 행복을 주겠다는 소리다.

……아아, 다들 시리우스를 영웅이라고 숭상할 만도 하다.

고작 몇 시간 같이 있었을 뿐인데도 시리우스는 이미 나의 영웅이 되었으니까.

처음 만난 어린아이에게도 이렇게나 친절하게 대해 주다니 정말 대단하다. 나는 시리우스에게 숭배와도 같은 감정을 느꼈다.

그날부터 시리우스와 10명의 기사들은 별궁에 머무르게 되었다.

별궁은 오래되긴 했으나 방의 개수는 많았기에 전부 머물러도 아무런 문제가 없었다.

기사들은 '우리가 먹을 식량 정도는 우리가 조달해야지!'라면서 매일 숲에서 대량의 야생동물을 사냥해왔다.

그리고 그걸 요리사가 필사적으로 요리해서 '이만큼은 다 못 먹겠지'라는 듯 자신만만한 표정으로 식탁에 올렸으나 기사들이 모조리 먹는 바람에 '크흑! 졌다!' 하고 외치는 것까지 최근 며칠 사이의 패턴이 되어 있었다.

그런 가운데 시리우스는 사냥하러 가지도 않고 거의 모든 시간을 나를 위해 쏟았다.

구체적으로는 내가 평소처럼 숲에 가서 정령들과 노는 걸 멀리서 바라보거나——라고 해도 시리우스도 다른 사람들과 마찬가지로 정령의 모습은 보이지 않으니 아무것도 없는 공간을 향해 종알거리는 내 모습이 그의 눈에 어떤 식으로 비쳤는지는 알고 싶지 않은 부분이지만, ——혹은 나에게 왕도의 이야기를 해주기도 했다.

"나는 왕성에 방이 있으니까 네가 왕도로 돌아오면 지금처럼 대화할 수 있어."

그렇게 말하며 왕도에서 지내는 생활을 상상할 수 있게 해주었다.

아무래도 시리우스는 내가 사는 곳을 정하기 위해 필요한 판단 재료를 미리 안겨주려는 모양이었다.

어느 맑은 날, 시리우스와 함께 숲속의 커다란 나무 아래에 앉아 바람을 맞고 있었더니 그가 작게 중얼거렸다.

"세라피나는 감이 좋구나."

"어?"

"우리가 도착한 날, 네가 시녀에게 11명이 먹을 아침 식사를 준비하라고 시켰다고 들었어. 감이 좋다는 말만으로 치부할 수 없지만, 그것 말고 이 현상을 설명할 수 있는 말을 모르겠군. 게다가 보고 있으면 너는 한 번도 넘어지지 않아. 눈이 보이지 않는데 앞에 장애물이 있으면 잘 피해 가지. 너는 신기한 아이야."

그건 정령이 도와주기 때문이라고 설명하고 싶었지만, 시리우스가 어린아이의 공상이라며 웃는 게 싫어서 입을 다물었다.

왜냐하면 지난 며칠 사이에 시리우스에게 배워서 새롭게 알게 된 게 있기 때문이다.

그것은 정령은 반드시 어른의 모습을 하고 있으며 모든 사람의 눈에 보인다는 '세상의 상식'이었다.

게다가 정령의 말을 이해할 수 있는 사람도 아무도 없다고 한다.

시리우스의 이야기를 듣고 처음으로 '내 주변에 어린아이 정령이 잔뜩 있는데, 그 애들이 이것저것 가르쳐주면서 나를 도와줘'라고 몇 번을 설명해도 나를 모시는 기사나 시녀들이 '보이지 않는 좋은 것'이라고 표현하며 정령임을 긍정하지 않았던 이유를 이해했다.

내가 말하는 정령은 나 말고 다른 사람들이 보고 알아 온 정령과 완전히 달랐던 것이다.

그렇기에 다들 그건 정령이 아니라고 생각하는 거겠지.

나는 시리우스가 이미 알고 있을 단어로 설명했다.

"그건 '보이지 않는 좋은 것'이 도와주기 때문이야."

내가 그동안 '좋은 것'의 정체는 정령이라고 주장했다는 걸 시리우스는 알고 있을 텐데도 그 부분은 일절 건드리지 않고 다정하게 웃었다.

"그래. 너는 이 땅의 존재에 사랑받고 있구나. 같은 땅에 사는, 너를 잘 아는 것들로부터 사랑받는 건 가장 대단한 일이지. 네가 사랑받아 마땅한 훌륭한 인물이라는 증거이니까."

시리우스는 숲을 슥 둘러보았다.

"나에게는 이 숲도 신비한 장소야. 이만한 규모를 자랑하면서도 마물이 전혀 살지 않는 숲은 처음이다. 원인을 알아내려고 낮과 밤에 산책해봤지만 다른 숲과 다른 점은 보이지 않았어."

"아마…… 이 숲은 정령이 지키는 게 아닐까?"

나는 쭈뼛거리며 평소 생각했던 걸 입에 담았다.

──시리우스의 이야기에 따르면 성녀와 계약한 정령은 전부 어른의 모습이라고 했다.

하지만 정령에게도 어린아이인 시기가 있으니까 어른이 되려면 성장할 장소가 필요하다.

아마 그게 이 숲이다.

그렇기에 정령이 무사히 어른이 될 수 있도록 어린 정령의 모습이 보이지 않도록 해놓아서 내가 아닌 다른 사람은 보지 못하는 게 아닐까.

아마 나도 눈에 문제가 없었다면 어린 정령들을 느끼지 못했을 것이다.

그리고 어른 정령들이 아이 정령들을 지키려고 모든 위험에서 이 숲을 보호하기 때문에 마물도 들어오지 못하는 게 아닐까.

"그래. 너도 알고 있겠지만 우리 나브 왕가의 시조에는 정령왕이 계셨지. 그리고 그 시대에 이 땅에 별궁을 세우셨어. 이 숲은 절대로 훼손하지 말라는 말씀과 함께. ……정령왕이 지정한 숲이다. 정령이 지키고 있다고 해도 이상하지 않지."

"우와."

그건 내가 모르는 이야기였지만 이 숲에 정령 아이들이 있는 이유를 설명해주는 것 같았다.

시리우스는 말을 이었다.

"그렇기에 이 숲은 네게 다정한 건지도 몰라. 너는 네 모습을 보지 못했지만 쉽게 볼 수 없을 만큼 붉고 아름다운 머리카락을 지켰거든. 정령은 붉은 머리카락을 좋아하니까 너를 보면 지키고 싶어 하겠지!"

"……그럴, 지도 몰라."

"모든 성녀가 전장에 나가서 싸우는 게 아니야. 병든 환자를 치유하는 성녀나 회복약을 전문적으로 제조하는 성녀도 많이 있으니 그쪽 가능성도 생각해봐."

다정하게 그렇게 말하는 시리우스를 앞에 두고 가슴이 욱신거렸다.

왜냐하면 시리우스는 내가 성녀로서 뛰어난 자질을 지녔을지도 모른다며 순수한 친절함으로 성녀가 되는 걸 추천해주고 있으니까.

하지만 상처나 병을 낫게 할 수 있는 여성을 성녀라고 부른다

면, 혹은 정령과 계약한 여성을 성녀라고 부른다면 나는 이미 성녀다.

예전에 시리우스가 말해준 그의 기사로서의 일을 떠올렸다.

"……시리우스는 기사단 부총장으로서 사람들을 위해 싸운댔지. 성녀도 전장에 나선다고 했는데, 시리우스도 성녀와 같이 싸우는 거야?"

"그래, 보통 성녀를 같이 데려가지. 기본적으로 기사 다섯 명과 성녀 한 명이 한 세트야. 하지만 아무래도 나는 성녀 대우가 엉망인가 봐. 덕분에 성녀들은 나와 같이 가기 싫어하지."

"어? 그래?"

시리우스는 이렇게 친절한데, 성녀들이 같이 가기 싫어한다니 이상하다.

내 의문이 얼굴에 드러났던 건지 시리우스는 쓴웃음을 지으며 답을 가르쳐주었다.

"나는 아무래도 불가능한 걸 요구하나 봐. 기사라는 건 내 근간이지. 그래서 아무래도 기사의 본분인 전투에 무게를 둬. 그리고 어떻게 해야 가장 희생이 적고 신속하게 적을 쓰러트릴 수 있을지 고민하지. 그래서…… 더 이렇게 하면 되지 않냐고 성녀의 대처에 참견했다가 미운털이 박힌 거야."

"조언하는 걸 싫어하는 거야?"

시리우스의 조언이라면 정확할 텐데. 의아해서 물어보자 그가 고개를 저었다.

"아니, 그게 아니야. 아무래도 내 조언은 공상 같은 내용이라고 해. 나는 기사이지 성녀가 아니니까. 성녀의 대처법도 이해하지 못하는데 꿈 같은 이상을 담는다고 쓴소리를 들어."

시리우스가 무슨 말을 하는 건지 이해할 수 없어서 고개를 갸웃거리자 그가 덧붙였다.

"예를 들어 그 위치에서는 모든 기사에게 마법을 걸 수 없으니까 두 걸음 더 앞으로 나오라고 제안하면 모든 기사에게 한꺼번에 마법을 걸 필요는 없다고 돌아오지. 그녀들에게는 그녀들이 믿는, 오랜 세월에 걸쳐서 체계화된 움직임이 있는 거야. 즉 기사단 내에는 '제4성녀기사단'이라는 게 있고 거기에서 성녀로서 가장 적합한 대처법을 배우지만…… 내 제안은 그 가르침에 어긋나나 봐."

"그렇구나."

설명을 듣자 시리우스가 맞는 것처럼 느껴졌지만, 성녀들에게도 생각이 있는 것이니 입을 다물었다.

그러자 조용해진 나를 보고 무슨 생각을 한 건지 시리우스는 내 한쪽 손을 잡고 힘을 불어넣어 주듯 말했다.

"세라피나, 네게도 적절한 역할을 분명 찾을 수 있을 거다. 눈이 보이지 않으니 제한적일지도 모르지만, 그래도 많은 것을 할 수 있겠지."

위로해준다는 걸 이해한 나는 시리우스가 있는 곳으로 고개를 돌리고 또렷한 목소리로 말했다.

"……시리우스. 앞이 안 보이는 건 싫은 일이 아니야."

"그래?"

"내 눈이 보이지 않는 건 '축복'이라고 생각해. 눈을 가려서 소중한 게 보일 수 있도록 해준 거지."

왜냐하면 나는 눈이 보이지 않기에 어린 정령들의 모습을 감지할 수 있는 것일 테니까.

"······그래. 너는 똑똑하구나."

시리우스는 그 말만 하고는 커다란 손으로 내 머리를 쓰다듬었다.

그 감촉이 기분 좋아서 얌전히 손길을 받고 있었더니 시리우스도 입을 다물어버렸다. 그 후에는 둘이서 느긋하게 바람 소리를 들었다.

나는 문득 시리우스와 만난 날도 지금처럼 그와의 사이에 침묵이 흘렀던 걸 떠올렸다.

······그때는 침묵을 불편하다고 느꼈지만 지금은 모든 게 바뀌어버렸다.

왜냐하면 시리우스와 같이 있는 시간은 뭘 해도 즐겁다고 느끼게 되었으니까.

그 후에도 우리는 말 없이 둘이서 바람 소리에 귀를 기울였다······.

"세라피나 님, 숲 안쪽에서 희귀한 나무 열매를 발견했습니다! 이건 '빨강달콤 열매'라고 하는데, 기본적으로 굉장히 쓰지만 가끔 믿어지지 않을 만큼 단맛이 나는 게 있죠."

그렇게 말하며 한 기사가 다섯 개쯤 되는 나무 열매를 손바닥 위에 올려주었다.

"야, 하지 마! 만약 쓴맛 나는 열매면 세라피나 님께서 고역을 치르시게 되잖아."

하지만 다른 기사가 손바닥 위에 있던 나무 열매를 전부 가져갔다.

"그렇다면 이 스콘은 어떻습니까? 오늘 간식으로 나올 예정이었는데 기미용으로 주방에서 슬쩍해왔죠."

"잠깐만! 그런 이유로 가져온 걸 왕녀 전하께 드리면 어떡해!"

"아차, 그러게!!"

눈앞에서 온갖 음식을 줬다가 가져갔다가 하면서 기사들이 연신 말을 걸어대자 나는 얼굴이 풀어지는 걸 느꼈다.

기사들은 늘 명랑하고 나를 즐겁게 해주려고 하기에 그 마음이 기뻤기 때문이다.

시녀 중에는 '왕녀 전하를 너무 편하게 대한다고요!'라면서 눈썹을 찌푸리는 사람도 있지만 6살 소녀를 상대하는 것이니 편하게 대할 만도 했다.

생글생글 웃으면서 듣고 있었더니 기사들의 화제가 시리우스로 넘어갔다.

"시리우스 부총장님은 저희 기사단의 핵심입니다. 그분이 없으셨다면 기사단은 개인 플레이만 하는 오합지졸에 불과하니까요. 자아가 강하고 독자적으로 행동하는 기사들을 역대급 카리스마로 후려쳐서 하는 말을 듣게 만드신다니까요."

"하지만 지향하는 수준이 너무 높단 말이죠. 부총장님의 지시는 적확하지만 너무 고난이도라서 아무도 따라가지 못합니다."

"부총장님은 굉장한 이상가이시지만 이상에 합치하는 사람이 없어서 이상은 이상일 뿐이라고 포기하고 계신 듯합니다. 아, 이 건 어디까지나 기사나 성녀 한정인데요. 하지만 **그 얼굴**에 핑크빛 소문은 하나도 없으니 연애도 마찬가지일지도 모르죠."

그러고 보면 내 정령이 시리우스의 얼굴이 안 좋다고 말했던 것을 떠올렸다.

하지만 이렇게나 다정하고 부하들에게 사랑받는 강한 기사라면 외모는 문제가 되지 않을 것이다.

"……나는 시리우스를 멋있다고 생각해. 시리우스와 함께 싸울 수 있다니 행복한 일이겠지."

그렇게 중얼거렸다.

―――성녀는 기사와 함께 전장에 설 수 있는 존재.

얼마 전 시리우스가 나에게 성녀가 되는 걸 추천했을 때도 성녀는 전장에서 기사와 함께 싸운다고 가르쳐주었다.

만약 내 눈이 보이게 되고 더 훈련을 받아 어엿한 성녀가 된다면 언젠가 시리우스와 함께 싸울 수 있을까.

그런 식으로 생각하는 건 장래에 어딘가에서 시리우스와 접점을 가질 수 없을지, 그 가능성을 찾기 때문인지도 모른다.

왜냐하면 시리우스는 곧 왕도로 돌아갈 테니까.

그는 왕도로 돌아가는 일정에 대해서는 한 번도 입에 담지 않았지만, 나는 이별이 가까워지고 있다는 걸 느끼고 있었다.

애초에 시리우스는 많은 역할을 겸임하고 있는 중요 인물이면서 여기서 열흘 가까이 머물러주고 있다.

이 이상 머무르면 시리우스를 의지하는 많은 사람이 곤란해질 것이다.

……아아, 시리우스와 만난 건 무척 행복한 일이었구나. 그런 생각을 하면서 숲속을 산책했다.

세븐을 비롯한 정령들이 많이 따라와 주었기 때문에 나는 그들과 대화하며 호수까지 천천히 걸어갔다.

내가 정령들과 대화할 때 다들 '왕녀님께서는 좋은 것과 대화하고 계시는구나'라고 생각하고 가만히 내버려 두기 때문에, ──오늘의 경호 담당은 시리우스가 왕도에서 데려온 기사들 몇 명 정도였지만 거리를 벌리고 멀리서 지켜봐 주었다.

렌트 숲에는 마시면 몸이 좋아진다는 샘이 있다.

내 눈에 그 효과가 나타난 적은 여태까지 없었지만, 샘물을 마시는 게 습관이 되어버린지라 호수 근처에 앉아 손으로 물을 퍼 담아 마셨다.

그 후 오늘은 전에 없이 덥다고 느끼며 나무 그늘에서 쉬고 있었더니 별안간 등에 오싹하고 차가운 것이 흘렀다.

"어? 뭐, 뭐야?!"

그런 감각을 느낀 건 처음이라 무슨 일이 일어난 건지 파악하지 못하고 겁에 질려 소리쳤다.

그러자 세븐이 바로 내 앞으로 날아왔다.

《피! 괜찮은 거지?!》

세븐은 내 주변을 빙글 한 바퀴 날아 무사한 걸 확인하더니 조급한 목소리로 말했다.

《피, 서둘러 별궁으로 돌아가자! 이 숲에 마물이 들어왔어!!》

"뭐?!"

나는 놀라서 소리쳤다.

왜냐하면 나는 이 숲에 온 뒤로 지금까지 한 번도 마물을 본 적이 없기 때문이다.

정확하게는 지금까지 살면서 한 번도 마물을 본 적이 없으므로 어마어마한 일이 일어났다는 기분에 심장이 쿵쿵 빨라졌다.

내가 전에 없이 당황하며 걷기 시작하자 호위하는 기사들이 날카로운 목소리로 질문했다.

"세라피나 님, 무슨 일 있습니까?"

"마물이! 이 숲에 들어온 건지도 몰라!"

세븐이 알려준 걸 그대로 전달하자 기사들은 놀란 듯 숨을 삼켰다. 그러고는 한 명의 기사가 내 앞에서 몸을 숙였다.

"세라피나 님, 시급한 사태이므로 세라피나 님을 안아 들고 달려도 되겠습니까?"

"으, 응."

기사의 목소리에서 시리우스가 데려온 제노라는 이름의 기사라는 걸 알 수 있었다.

제노가 나를 안아 드는 것과 동시에 다른 기사가 긴급 사태임을 알리는 피리를 불었다.

평소에는 들을 일이 없던 높은 소리가 삐익 삐익 울리는 가운데 기사는 나를 안고 별궁으로 달렸다.

《식물형 마물이야.》

달리는 제노 옆을 날면서 세븐이 설명해주었다.

《아마도 새가 마물의 씨앗을 잔뜩 떨어트린 것 같아. 하지만 씨앗일 때는 해가 없으니까. 정령의 수호를 돌파하고 숲속으로 들어와 버린 거지. 그게 오늘의 더위로 일제히 싹을 틔웠어.》

"뭐?!"

《피도 막연하게 감지했지? 점점 마물의 위력이 커지고 있다는 게 느껴지지? 이건 폭발적으로 성장하는 타입의 마물이야.》

"……!"

세븐의 말대로 확실히 숲속에 감도는 불길한 분위기가 점점 강해졌다.

처음 겪는 감각에 속이 불편해지는 걸 느끼고 있었더니 나를 안고 있던 기사가 갑자기 멈춰 섰다.

주변에서 달리던 기사의 발소리도 멈췄기에 의아함을 느끼고 고개를 들자 전방에서 무언가가 움직이는 기척이 느껴졌다.

"……세븐?"

불길한 예감이 들어서 물어보듯이 이름을 부르자 세븐은 《응》 하고 짧게 대답한 뒤 보이지 않는 나에게 설명해주었다.

《눈앞에 마물이 있어. 기사의 두 배는 더 크고, 긴 덩굴을 지는 식충식물 같은 모양새야. 그게 5, 6, 7마리. 아니, 뒤에도 5마리

있네. 포위당했어.》

"하지만 식물이라고…….."

《식물형일 뿐 마물이니까 움직여. 심지어 이 타입은 꽤 빨라.》

세븐이 설명해주는 사이에 여기저기에서 스르릉 칼을 뽑는 소리가 들렸다.

그러고는 덩굴이 날아오는 듯한 쌩 하는 소리와 검으로 캉캉 쳐내는 소리가 울렸다.

갑자기 시작된 전투에 숨을 죽이고 있었더니 좌악하고 무언가가 베이는 듯한 소리가 들렸다.

그러고는 기사의 고통스러워하는 목소리가 들리기 시작했다.

"……세, 세븐?"

떨리는 목소리로 확인하자 잠시 침묵한 뒤 말하기 어렵다는 듯한 세븐의 목소리가 들렸다.

《기사가 열세야. 마물이 강하고 수가 많아. 심지어 점점 포위당하고 있어. 어떻게 빠져나갈지가 중요해.》

그 순간 얼굴 근처에서 바람을 느낀 것과 동시에 가까이서 쿵하는 소리가 들렸다.

그러고는 무언가 액체가 내 머리에 촥 튀었고 나를 안고 있던 기사가 고통스러워하는 신음을 흘렸다.

"제, ……제노?"

나는 바들바들 떨면서 나를 안아 들고 있는 기사의 이름을 불렀다.

그러자 헉헉 거친 숨소리가 들리면서 제노가 대답했다.

"······어깨를 조금 다쳤습니다. 큰일이네요, 도망칠 루트가 보이지 않습니다. ······별궁에서 지원군이 올 때까지 잠시 기다려주십시오."

그건 어렵다.

왜냐하면 내가 있던 호수는 숲속 깊은 곳에 있어 별궁에서 바로 달려올 수 있을 만한 거리가 아니었기 때문이다.

······아아, 어떻게 해야 하지.

아마도 이 자리에 있는 기사는 대부분 다쳤다.

그런데 여기에 있는 건 기사뿐이고, 회복 마법을 쓸 수 있는 사람은 아무도 없다── 나 말고는.

"제노, 내려줘."

그렇다면 내가 기사들을 도와야 한다. 그들을 구하는 것이 성녀의 역할이니까.

"제노, 부탁이야! 나를 안고 이 마물들 사이를 빠져나갈 수는 없어. 나를 지키기 위해 당신은 검을 들어줘."

부탁을 받아들이기 쉽도록 설명하자 제노는 그제야 나를 지면에 내려놓았다.

하지만.

막상 기사들을 도우려고 했더니 앞이 보이지 않는 나는 어디에 기사가 있고 어디에 적이 있는지 알 수 없었다.

필사적으로 귀를 기울이며 위치를 파악하려고 했지만 괴로워하는 기사들의 목소리만 크게 들릴 뿐이라 조급해지는 마음이 헛돌기만 했다.

"……아아, 시리우스!"

무심코 매달리듯이 시리우스의 이름을 중얼거린 순간———…….

"세라피나! 무사해?!"

놀랍게도 바로 그 시리우스의 목소리가 들렸다.

"어? 시, 시리우스?!"

갈라진 목소리밖에 안 나왔지만 시리우스는 알아들은 건지 안심시키기 위해 말을 건네주었다.

"세라피나, 이제 괜찮아! 나에게 맡기고 조금만 기다려!!"

신기하게도 그 한마디에 나는 안심할 수 있었다.

별궁에서 여기까지 상당한 거리가 있는데도 시리우스는 위기를 깨닫고 이렇게나 빨리 도착한 것이다.

그런 불가능을 가능하게 만드는 시리우스가 왔으니 이제 괜찮다.

물론 그 정도로 간단한 문제는 아니겠지만, ——왜냐하면 조금 전에는 12마리였던 마물이 더 늘어났을 테니까.

내 예상을 긍정하듯이 사방팔방에서 몸이 찔리는 듯한 소리와 기사의 신음이 들렸다.

그러고는 중간중간 '괜찮아', '바로 끝낼게' 하며 안심시키려는 시리우스의 목소리가.

나는 두 손을 꼭 움켜쥐고는 스읍, 하아, 하고 심호흡한 뒤 한 번 더 집중해서 주변 상황을 파악하려고 했다.

시리우스가 오고 상황은 호전되었으나 그래도 기사들이 계속 다치는 걸 느꼈기 때문이다.

……나는 성녀니까 조금이라도 기사들을 돕고 싶다.

그렇게 생각한 바로 그때 주변이 순간 고요해졌다.

무슨 일이 일어난 건지 알 수 없어 상황을 파악하려고 했지만 아무런 소리도 들리지 않아서 알 수 있는 게 없었다.

——나중에 들은 이야기로는 그때 마물들이 일제히 움직임을 멈췄다고 했다.

그래서 무엇을 할 생각인지 기사들이 경계하고 있을 때—— 기사들을 내부에 가두듯이 주변을 에워싸고 있던 마물들이 일제히 꽃가루를 뿌렸다.

"앗?!"

눈이 보이지 않아도 강한 마법이 발동된 것을 알았다—— 상태 이상 마법이다.

그 결과 그 자리에 있던 모든 기사가 마비에 걸렸다.

아주 작은 꽃가루라는 형태로 몸속에 들어가 순식간에 전신을 움직이지 못하게 만드는 특수한 마법이다.

사람에 따라서—— 육체의 강인함이나 몸에 묻은 꽃가루의 양에 따라 마비 정도는 다른 모양이었지만 절반이 넘는 기사가 전신마비 상태에 빠져 움직이지 못하게 된 모양이었다.

"큭……!"

"허어억!!"

괴로워하는 기사들의 신음에 섞여 시리우스의 목소리가 들렸다.

"숨을 멈춰! 꽃가루를 마시지 마!!"

아아, 다행이다. 시리우스는 그리 타격을 받지 않은 모양이다.

그의 패기 넘치는 목소리를 듣고 안심했다.

하지만 상황이 시시각각 악화되고 있는 건 확실했다.

"세라피나, 최대한 숨을 쉬지 마!"

시리우스가 마물의 공격을 치워내는 사이에 나를 걱정하며 소리쳤다.

몸이 작아서 타격을 더 심하게 받는 게 아닌지 걱정하는 건지도 모르지만, ……나는 성녀니까 몸에 들어와도 자동으로 마비가 해제되고 애초에 들어오기 전에 방어할 수 있다.

그러니 내 몸 상태는 멀쩡하다. 기사들을 지키기 위해 무엇이든 할 수 있을 것이다. 그런 생각으로 주변 상황에 집중했다.

하지만 나는 바로 눈물이 나올 것 같았다.

왜냐하면 조금 전과 마찬가지로 누가 다친 건지, 누가 위험에 처한 건지, 어디에 기사나 적이 있는 건지 전혀 파악할 수 없었기 때문이다.

아아, 앞이 보이지 않는 나는 기사들을 구할 수 없다.

——그때 처음으로 나는 눈이 보이지 않는다는 사실에 불만을 느꼈다.

태어났을 때부터 계속 어둠 속에서 살았기 때문에 앞이 안 보이는 게 기본이었고, 앞이 안 보이기 때문에 정령들을 느낄 수 있었다며 보이지 않는 상황을 받아들였다. 그러나 지금의 나는 그것으로는 부족하다.

그저 살아가는 것만이라면 문제없어도 성녀로서 기사들을 구하고 싶다면 전장을 둘러보기 위한 눈이 필요하다.

─── 그때 나는 전혀 망설이지 않았다.

즉 처음부터 답은 나와 있었던 것이다……

'성녀로서 기사들을 구하고 싶다'── 그 답이.

그리고 그 마음은 다른 무엇보다도 강했다.

나는 두 손을 하늘을 향해 뻗고 정령들의 언어를 입에 담았다.

《정령왕이시여, 여태까지 분에 넘치는 축복을 주셔서 감사합니다. 하지만 이제 괜찮습니다.》

내 목소리가 하늘로 빨려 들어간 것과 동시에 내 주변에서 여러 개의 하얀 빛이 깜빡였다.

그것은 세븐을 비롯한 수많은 정령들이었다.

《왕님, 세라피나는 우리를 알아.》

《왕님, 세라피나는 우리의 말이 들리고 말할 수도 있어. 지금 목소리는 세라피나야.》

《왕님, 세라피나에게 아름다운 세계를 보여줘.》

저 멀리 하늘 위, 한참 높은 곳에서 누군가가 부드럽게 미소 지은 듯한 느낌이 들었다.

그리고 반짝거리는 것이 하늘에서 내려왔다.

그 빛이 내 눈꺼풀에 닿은 순간 눈 위를 무겁게 누르고 있던, 두 눈을 틀어막고 있던 감각이 순식간에 사라졌다.

── 나는 눈꺼풀을 들어 올려 6년 동안 감고 있던 눈을 떴다.

◇ ◇ ◇

이전에 시리우스에게 말한 것처럼 내 눈이 보이지 않는 원인은 '축복'……그것도 '정령왕의 축복'이라는 건 어렴풋하게 알고 있었다.

왜냐하면 나는 여태까지 정령들에게 배우면서 시녀나 기사들을 몰래 치유했고, 그럴 때마다 이런 식으로 낫게 한다는 감각을 반드시 터득했는데도 내 눈에는 그 감각이 작동하지 않았기 때문이다.

즉, 내 힘이 미치지 않는 아득히 강력한 힘이 내 두 눈을 가로막고 있었던 것이다.

그리고 나는 정령왕의 피를 이어받은 나브 왕가의 일원이니 지극히 자연스럽게 내 두 눈은 정령왕의 축복임을 깨달았다.

정령왕이 자신의 피를 이어받은 자에게 저주를 내릴 리 없다.

그렇다면 얼핏 불행해 보이는, 나의 보이지 않는 눈도 실제로는 축복이다.

내가 어린 정령들을 감지할 수 있게 된 건 눈이 보이지 않은 덕분이다.

그리고 그렇기에 정령들의 말도 알 수 있게 되었다.

───이전 '보이지 않는 좋은 것'의 목소리가 들린다고 상담했을 때 의사가 말했다.

『무엇이든 필요하지 않은 부분은 쇠퇴합니다. 귀도 그렇죠. 예를 들어 아르테아가 제국어에는 나브 왕국의 언어에는 없는 발음이 몇 가지 있습니다. 어른이 되어 처음으로 아르테아가 제국어를 들으면 그 특별한 발음을 제대로 듣지 못하죠. 왜냐하면 나브 왕국어에는 없는 발음이니까 성장하면서 그 소리를 듣지 못하게 되는 겁니다. 아마도 세라피나 님께서 어리시기 때문에 '보이지 않는 좋은 것'의 목소리를 들을 수 있는 거겠죠.』

정령왕은 내 세계와 정령의 세계를 이어주었다.

그 사실에 감사하면서 처음으로 눈을 뜨고 세계를 바라보자——…….

"세라피나?!"

내 상태를 확인한 시리우스가 놀라 소리쳤다.

그럴 만도 했다. 왜냐하면 태어났을 때부터 계속 감고 있던 내 눈이 뜨여있고, 거기서 굵은 눈물이 뚝뚝 흐르고 있으니까…….

"……시리우스, 세상은 아름답구나."

나는 가까스로 그 말만 할 수 있었다.

내가 아는 건 암흑의 세계뿐이고, 거기에 하얀색 빛이 섞이는 게 유일했는데.

……아아, 세상은 빛으로 가득했다.

하늘은 푸르고, 나무는 녹색이고, 무척 아름다웠다.

사람들은 키가 크기도 하고 어깨가 넓기도 하고 머리카락 색이 반짝거리기도 하며 다들 제각각이었다.

나는 여태까지 아무것도 몰랐다.

세상이 이토록 아름답고, 이토록 다른 것들로 구성되어있다는 사실을.

"나는…… 이 아름다운 세상을 지키고 싶어. 아아, 세상이 이렇게나 아름답다는 걸 알고 있었다면 나는……."

나는 최대한 일찍 눈을 뜨고 세상을 계속 바라보았을 텐데.

이 아름다운 세상을 지키기 위해 성녀로서 나섰을 텐데.

나는 슬픔에 가득한 표정으로 시리우스를 보았다── 내 결단이 늦는 바람에 다쳐버린 기사들을 시야에 넣으면서.

"시리우스, 나는 성녀야."

"그렇구나."

내가 한 정령의 말을 이해하지 못했던 시리우스는 내가 내 힘으로 눈을 고쳤다고 생각한 모양이었다.

그래서 그는 바로 내 말에 긍정했다.

"부탁이야, 시리우스. 한 번도 싸운 적이 없는 성녀는 방해될 테지만 나도 기사들을 지키기 위해 싸우고 싶어."

진지한 표정으로 호소하자 시리우스는 놀란 듯 눈을 크게 뜬 뒤 고개를 크게 끄덕였다.

"……그러냐. 고맙다, 세라피나."

아마도 그것은 시리우스가 압도적으로 강하기에 가능한 대답이었다.

왜냐하면 시리우스는 고작 혼자서 이 자리에 있는 모든 마물을 쓰러트릴 수 있을 테니까── 대가로 잔뜩 다칠 테지만.

그의 다정함에 보답하고 싶다고 생각하며 나는 두 눈을 크게 뜨고 그 자리를 둘러보았다.

신기하게도 눈을 뜨자 그 자리에 존재하는 온갖 정보를 감지할 수 있게 되었다.

적의 수, 적의 전투력, 아군의 수, 아군의 전투력, 그 모든 것이.

나는 필사적으로 모든 정보를 정리하려고 애쓰면서 시리우스에게 시선을 고정했다.

마비에 당한 상태로도 압도적으로 강해서 모든 적을 베어버릴 수 있는 힘을 지닌 용감한 기사를.

모든 기사를 지키며 나를 지킬 수 있는 힘이 있기에, ──대신 자신이 더 많이 다치는 대가로 내 바람을 우선해준 다정한 기사를.

──전장에서 많이 싸워본 시리우스는 나보다 몇 배는 더 알고 있을 터이다.

처음 전장에 선 성녀는 갓난아기와 마찬가지라 거의 도움이 되지 않는다는 걸.

그런데도 그는 불쾌한 표정 한 번 짓지 않고 내가 원하는 대로 하게 해주려고 한다.

한 걸음 나아가고 싶다는 내 마음을 존중해서.

……다정하다. 다정하고 상냥한 기사다.

그런 시리우스를 지키고 싶다.

기사들의 발목을 잡지 않기 위해 나는 후방으로 물러났다.

기사와 함께 싸운 적이 없는 나는 그들이 어떤 식으로 움직일지 모르기 때문에 방해하면 안 된다고 판단했기 때문이다.

단 너무 뒤로 물러나서 기사들과 떨어지지 않도록 조심했다.

그런 내 모습을 본 시리우스가 안심한 듯 숨을 내쉬었다.

시리우스에게 나는 전장에 처음 나온 성녀이자 지켜야만 하는 존재니까 최대한 안전한 장소에 있길 바라겠지. 그것도 당연하기는 하지만.

왜냐하면 그는 나에게 계약 정령이 있다는 것조차 모르니까 내 성녀의 능력이 어느 정도인지 파악하지 못했고, 따라서 그가 지금까지 봤던 첫 출진 성녀들을 기분으로 삼고 있을 것이기 때문이다.

《피, 도울게.》

그 목소리와 함께 나의 계약자인 세븐이 눈앞에 나타났다.

"……세븐, 와아."

처음으로 외모를 인식한 세븐은 짙은 녹색 머리카락의 동년배 남자아이였다.

내가 보고 있다는 걸 의식한 건지 세븐은 귀여운 얼굴로 생긋 웃고는 친근하게 두 팔을 붕붕 흔들었다.

그런 그를 보고 같이 성녀 훈련을 했던 나날을 떠올렸다.

매일매일 같이했던, 아주 다양한 성녀 훈련의 나날을.

상처를 회복하는 것.

잘린 부위를 재생하는 것.

병을 치유하는 것.

가벼운 상처를 낫게 하는 회복약을 만드는 것.

이것이 성녀의 전부라고 생각했던 나는 세븐을 비롯한 정령의 가르침에 아주 놀랐다.

——성녀는.

마비나 매료 같은 상태 이상을 해제할 수 있다.

속도 상승, 공격력 상승 같은 신체 강화가 가능하다.

물리 공격 방어, 마법 공격 방어 같은 방어마법을 사용할 수 있다.

그것이야말로 성녀의 진정한 능력이었다.

정령들에게서 수년에 걸쳐 성녀의 가르침을 받은 나는 그러한 마법을 사용할 수 있게 되었다.

내 마법에 세븐의 힘이 더해지면 이 전장 구석구석까지 힘이 미칠 것이다.

《세븐, 어서 와!》

나는 정령의 언어로 그의 이름을 불렀다.

그러자 세븐은 즐겁다는 듯 웃는 얼굴로 빙글빙글 돌면서 하늘 높이 날아오르더니 내 마력에 정령의 힘을 더해주었다.

그에 호응하듯 내 두 손등에 정령과의 계약 문양이 떠올랐다—— 내 머리카락과 같은 붉디붉은 계약 문양이.

정령의 능력이 완전히 내 마력과 동화한 것을 확인한 후 나는 한쪽 손을 하늘을 향해 똑바로 치켜들었다.

그러고는 전장에 있는 모든 기사를 시야에 넣고 그들을 향해 마법을 발동했다.

"회복!"

입에서 나온 건 딱 한 마디—— 하지만 그게 전부였다.

내 외침과 동시에 붉은 기가 도는 반짝임이 발생하더니 순식간에 기사들에게 쏟아졌으니까.

아주 잠깐. 눈을 한 번 깜빡이는 정도로 짧은 시간에 그 자리에 있던 모든 기사의 상처가 완전히 아물어 사라졌다.

"어?!"

"······응?!"

놀란 건지 기사들이 눈을 부릅떴다.

그럴 만도 했다.

그들의 부상 상태는 심각했다. 다리나 팔이 부러진 사람, 몸의 일부가 날아간 사람, 배에 구멍이 뚫린 사람 등등 각자 쉽게 치유할 수 있는 수준이 아니었으니까.

적어도 정령과 계약하지 않은 줄 알았던 내가 치유할 수 있는 수준이 아니라는 건 확실했다.

목소리가 나오지 않는 건지 입을 뻐끔거리기만 하는 기사들을 향해 나는 한층 더 마법을 발동했다.

"기사의 몸을 옭아매는 불쾌하고 더러운 사슬들이여 부서져라!!
——『마비 상태 해제』!"

내 말과 함께 쩍, 쩌정, 하고 무언가가 깨지는 듯한 소리가 일대에 울려 퍼지더니 기사들의 몸에 달라붙어 있던 구속의 사슬이 풀렸다.

그리고 어느새 기사들에게 걸려있던 모든 상태 이상이 해제되었다.

"……?"

"어……, 어?!"

무슨 일이 일어난 건지 전혀 이해하지 못한 듯한 기사들은 두 손으로 자신들의 몸을 퍽퍽 두드리거나 팔을 휘두른 뒤 자유롭게 움직이는 몸을 이상하다는 양 쳐다보고는 설명을 요구하듯 나를 바라보았다.

하지만 아직 시전해야 하는 마법이 남아있는 나에게 대답할 여유는 없었기에 기사들에게 수호를 내리기 위해 두 팔을 뻗었다.

"기사의 몸에 완전하고 완벽한 갑옷을 장착하라——《마비 마법 대상》 방어력 30% 증가!"

"""……!!"""

말없이 자신들의 몸을 바라보는 기사들.

그런 기사들에게 마지막 마무리로 나는 마법을 하나 더 중첩했다.

"《신체 강화》 공격력 1.2배! 속도 1.2배!"

이러한 표현이 용서된다면, 시리우스를 비롯한 모든 기사가 입을 멍청하게 벌리고 어안이 벙벙해져서 나를 쳐다보았다.

다들 같은 반응이었기 때문에 무언가 실수가 있었던 건지 걱정되었다.

전장에서 성녀로서 싸운 경험이 전혀 없다 보니 경험이 풍부한 기사들이 전부 놀랄 만큼 초보적인 실수를 저지른 건지도 모른다. 나는 드레스를 움켜쥐고 잔뜩 풀이 죽은 표정으로 그들을 마주 바라보았다.

그러자 가장 먼저 정신을 차린 시리우스가 날카롭게 소리쳤다.

"세라피나, 너 대체 뭘 한 거냐?!"

"앗, 넵, 성녀로서 협조했습니다!"

기사들이 기대하는 결과는 얻지 못한 건지도 모르지만 나는 성녀로서 할 수 있는 일은 다 했다는 뜻을 담아 대답하자 어째서인지 다들 미간에 깊은 주름을 만들었다.

"".............""

그러고는 시리우스 주변에 있는 기사들은 자신이 본 게 믿어지지 않는다는 듯 머리카락을 쥐어뜯으며 울부짖었다.

"……아니, 아니거든요 세라피나 님! 이건 성녀의 마법이 아닙니다!!"

"마비 해제! 마비 방어! 신체 강화! 셋 다 성녀의 마법에는 존재하지 않습니다!! 여태까지 어디에도 없던 미지의 마법이에요!!"

"세라피나 님께선 성녀를 만능의 여신으로 착각하고 계십니까?!"

마지막 기사의 말에 전원이 뚝 움직임을 멈추고는 '……아, 그거구나! 착각하고 계신 거야!!'라고 받아들였다.

그러고는 한 기사가 허리를 푹 숙이더니 소리쳤다.

"세라피나 님, 그 기적의 힘 모두에 감사드립니다!! 저는 아직 상황을 전혀 파악하지 못했지만, 기사단에 막 입단했을 때를 연상하게 하는 깨끗한 몸이 되고 다른 사람이 된 것처럼 전신이 강화된 건 이해했습니다!! 이 상황에서 질 리가 없습니다!! 심홍색 머리카락을 지닌 지고의 성녀, 세라피나 님께 승리를 바치겠노라 약속드립니다!"

그러자 다른 기사 모두가 똑같은 말을 외쳤다.

"""심홍색 성녀께 승리를 바칩니다!!"""

그 자리가 흔들릴 정도로 큰 목소리로 선언하고는 마물들에게 달려간 기사들은 놀라울 정도로 강했다.

확실히 나는 마법으로 그들을 강화했지만 그걸 넘어서, 다른 사람이 된 것처럼 보일 만큼 다들 강하다.

베고, 베고, 베고, 찌르고.

잇달아 쓰러지는 건 마물뿐, 기사들은 누구 한 명 쓰러지기는 커녕 다치지도 않았다.

"와, 와아. 역시 왕국 기사단의 기사들이구나. 굉장히 강해!"

놀라서 눈을 크게 뜬 사이에 전부 끝나버렸다.

아주 약간의 시간이 지난 뒤 그 자리에 서 있는 건 기사들과 나뿐이었다.

용감한 왕국 기사의 손에 마물은 순식간에 한 마리도 남기지 않고 쓰러졌다.

말없이 다가오는 기사들을 정말 대단하다고 감동하며 바라보았다.

나는 가장 먼저 다가온 시리우스에게 흥분하며 입을 열었다.

"시리우스, 다들 아주아주 강해! 그리고 친절해. 내가 성녀로서 익숙하지 않으니까 도와줬잖아! 내가 마법을 쓰자마자 아무도 다치지 않게 되다니, 얼마나 내 부담을 줄여주려고 한 건지 상상도 안 가."

하지만 시리우스는 미간을 찌푸리고는 믿어지지 않는다는 듯 외쳤다.

"세라피나, 너 대체 무슨 소릴 하는 거야?! 기사들이 무시무시하게 강해진 건 당연히 네가 처음 보는 마법을 걸었기 때문이다. 그건 뭔데? 너 대체 뭐야?!"

시리우스가 나를 대하는 목소리가 이전의 조심스러운 느낌에서 조금 거칠게 바뀌었다.

조금 전 싸울 때 달라진 걸 눈치챘었지만 전투가 끝나면 전처럼 돌아갈 테니 어디까지나 일시적인 건 줄 알았다.

그런데도 여전히 사양하지 않는 말투를 사용해서, 그가 같이 싸우는 동료로서 받아 들여준 것 같은 기분이 들어 기뻤다.

"헤헤헤."

그래서 무심코 풀어진 얼굴로 웃자 시리우스의 미간에 주름이 깊게 파였다.

시리우스 뒤에서는 기사들이 두 손을 틀어막고 갈라진 목소리를 냈다.

"흐억, 뭐, 뭐지 지금?! 저게 여신의 미소인가?"

"세, 세라피나 님은 대체 정체가 뭐지? 나한테는 귀엽고 어린 왕녀 전하로 보이는데 사실은 아닌 거지? 그렇게 강해질 수 있는 마법을 쓰다니, 정말로 여신님인가?!"

"겨, 경배하자! 그렇게 몸을 재조립하는 듯한 무시무시한 마법은 다시는 볼 수 없을 테니까 경배하자!!"

두 손을 모아 나를 향해 잇달아 머리를 숙이는 기사들을 보고 '이건 마물을 쓰러트린 뒤에 기사들이 하는 행동인가?'라고 생각했다.

나는 성녀지만 그들과 똑같이 하는 게 맞는 건지도 모른다고 머뭇거리면서 주변을 둘러보자 시리우스와 눈이 마주쳤다.

반사적으로 헤실 웃자 그는 입술을 꽉 깨물고 내 앞에 무릎을 꿇었다.

"흐억?"

그러고는 시리우스는 눈높이를 나와 맞추더니 평소보다 한 톤 낮은 목소리를 냈다.

"세라피나, 네 마법은 여태껏 본 적이 없을 만큼 훌륭하다."

"네?!"

너무나 갑작스러운 칭찬이었기에 놀라서 펄쩍 뛰어올랐다.

시리우스는 내가 점프한 걸 알아챘을 텐데도 신사답게 그 부분은 지적하지 않고, 대신 내 손을 잡았다.

"맹인의 몸으로 이렇게 강대한 마법을 익혔다니, 형언할 수 없을 만큼 고통스러운 노력을 수없이 거듭해왔겠지. 그런 네 노력을 일절 모르는 내가 하는 말은 깃털보다도 가볍지만 그래도 말하마."

"어, 아, 네."

어려운 표현을 많이 사용해서 시리우스가 무슨 말을 하고 싶은 건지 전혀 이해하지 못했지만, 그가 바라는 건 뭐든 받아들이고 싶은 마음으로 고개를 거듭 끄덕였다.

그러자 시리우스에게서 터무니없는 요청이 날아왔다.

"세라피나, 나와 함께 왕도에 와 줘. 그리고 네 힘을 나에게 빌려줘."

"흐어?!"

시리우스는 여태까지 내가 사는 장소에 대해 내 의견을 존중하는 태도를 보여주었기 때문에 그 강력한 제안에 놀랐다.

하지만 시간이 지날수록 기뻐서 뺨이 점점 뜨거워졌다.

……시리우스가 같이 가자고 해준 게 너무 기쁘다.

누구보다도 싸움을 잘 아는 시리우스가 나를 불러주었다——아마도 내 성녀의 능력을 인정해준 게 아닐까.

나는 가슴이 서서히 따뜻해지는 걸 느꼈다.

왜냐하면 그것은 앞이 보이지 않아 계속 보호받기만 하던 내가 처음으로 동등하게 인정받은 순간이었기 때문이다.

시리우스에게 뭐라고 대답해야 하는지 고민하며 잡혀있는 손을 꼼지락거렸다.

……시리우스나 기사들과 보낸 시간은 무척 즐거웠다.

하지만 그들이 사는 장소는 왕도니까 다들 언젠가 이 땅에서 떠

나간다.

시리우스가 바라는 대로 나도 한 번은 왕성을 방문하려고 했으나 그래도 마지막에는 이 숲으로 돌아올 거라고 생각했다.

하지만…….

──이미 받아들였던 이별이 별안간 견디기 힘든 고통이 되었다.

그리고 지금이 결단을 내릴 때임을 이해하고 떨듯이 한숨을 흘렸다.

……아아, 이것은 내 인생에서 가장 큰 결단이다.

하지만, ──나는 어느 하나를 선택해야만 한다.

정령들과 헤어질지. 아니면 시리우스와 기사들과 헤어질지. 둘 중 하나를.

아주 어릴 때부터 계속 곁에서 도와주고 많은 것을 가르쳐주었던 건 정령이었다.

그렇기에 이곳을 떠나는 건 생각해본 적도 없었다.

왜냐하면 이 땅은 나에게 친절하고, 내가 바라는 모든 것이 갖춰져 있기 때문이다.

이대로 여기에 남아 정령들과 함께 산다면 나는 변함없는 행복을 누릴 수 있다.

하지만, ……시리우스는 정의감으로 넘치고 용감하니까 언젠가 반드시 오늘처럼 다칠 것이다. 오늘보다 더 큰 위기에 처할 것이다.

그때 시리우스 곁에서 상처를 치유해주고 싶다고……. 나는 강하게 바란다.

고작 열흘 정도 같이 지냈을 뿐이지만 그렇게 느낀다—— 그와 헤어지기 싫다고.

내 감정에 당황해서 난처해지는 바람에 시리우스를 올려다보자 그는 시선을 피하지 않고 똑바로 마주 바라보았다.

그러고는 내 손을 잡은 자신의 손에 힘을 주고는 한 마디 한 마디 또렷하게 목소리를 냈다.

"세라피나, 같이 왕도로 돌아가자. 네가 여기서 행복하다는 건 알아. 그러니 나는 반드시 이곳과 같은 행복을 네게 주겠다고 약속하마. 그러니까, ……나와 같이 와 줘."

"…………."

그것은 시리우스가 이 땅을 방문한 첫날에 했던 것과 같은 말이었다.

아아, 그의 생각은 언제나 일관적이다.

그리고 언제나 나에게 친절하다.

그런 생각에 가슴이 벅차 있었더니 시리우스는 말을 이었다.

"너는 두 눈을 썼고, 희귀한 힘을 보여주었어. 따라서 앞으로는 네가 어디서 살든 그 힘을 원하는 자가 끊임없이 나타날 거다. 우리를 도우려고 귀중한 마법을 사용한 너니까 그 자비심에 가만히 있지 못할 테지. 그러니 내가 널 지키게 해줘. 네가 나에게서 떨어진 곳에서 위험에 처했을지도 모른다고 생각하기만 해도 견딜 수 없어. 납치해서라도 널 왕도에 데리고 가고 싶어."

"뭐?"

마지막 말에 놀라서 눈을 크게 떴다.

시, 시리우스. 납치는 범죄야!

하지만 그는 미안해하는 기색도 없이 말을 이었다.

"제발, 세라피나. 네가 정할지 내가 납치할지의 차이일 뿐 결론은 똑같으니까……. 정하지 못한다면 포기하고 나에게 납치당해."

으. 으음. '납치당해'라니…….

난감해서 눈을 깜빡이고 있었더니 뒤에 있던 기사들이 흥분해서 크게 소리치기 시작했다.

"어? 잠깐, 이거 청혼? 청혼이죠?! 우와, 부총장님 대담한 타입이셨군요!! 왕족에게 공개 청혼이라니!!"

"아니 이건 나한테도 타격이! 어? 부총장님 무섭기만 한 줄 알았는데 마음만 먹으면 굉장히 멋있어지네?! 아, 물론 얼굴은 원래 그랬고 마음이요. 우와, 이거 완전, 코앞에서 저격당한 왕녀 전하께서 살아남을 방법이 없겠어!"

"저는 부총장님이 진지하게 무언가를 부탁하는 걸 처음 봤습니다!! 세라피나 님께선 어리신데도 마성인 건가?!"

그러고는 다들 일제히 머리를 숙였다.

"'''왕녀 전하, 저희도 부탁드립니다! 뭐든 할 테니까 부디 같이 왕도에 돌아와 주세요!!'''"

잔뜩 흥분해서 말을 와다다 쏟아내는 바람에 무슨 소릴 하는 건지 반도 이해하지 못했지만, 기사들은 참 밝고 즐거운 사람들이라고 느낀 나는 무심코 후후후 웃어버렸다.

그러자 어째서인지 그걸 본 시리우스는 재빨리 나를 안아 들고는 일어났다.

"어?"

키가 큰 시리우스가 안아 들자 바닥에서 다리가 떠 허공에 덜렁거렸다.

그게 재미있어서 한 번 더 웃음이 나왔다.

그런 나를 시리우스는 상쾌한 미소로 바라보았다.

"세라피나, 정해졌어! 너는 나와 있으면 웃으니까 나와 같이 있어야 해."

"어?"

이 기사단 부총장님 굉장히 막무가내인데요!

나는 놀라서 눈을 크게 떴다.

하지만 시리우스는 아랑곳하지 않고 말을 이었다.

"너는 감고 있던 눈을 떴지. 앞으로는 그 눈에 많은 것이 보이기 시작할 거다. 세라피나, 나는 네 눈에 아름다운 것만을 보여주겠다고 약속하마. 네 세상에는 아름다운 것 말고는 필요하지 않으니까."

……와아. 시리우스는 생각보다 과보호하고 어화둥둥 하는 타입인 걸까.

뒤에 있는 기사들을 힐끔 보자 다들 놀란 표정을 짓고 있었으니 평소 시리우스는 더 엄격한 건지도 모른다.

나는 과보호 기사단 부총장님에게 단호하게 부정했다.

"시리우스, 나는 아름다운 것만 보고 싶은 게 아니야. 나는 시리우스와 같은 풍경을 보고 싶어."

시리우스는 놀란 건지 눈을 크게 떴다.

"너는…… 전투를 경험했어. 내 생활이 어떤 것인지 모르지 않지. 그래도 나와 같은 걸 원한다고?"

"그래!"

바로 그거라는 마음을 담아 대답하자 시리우스는 안아 들고 있던 내 어깨에 이마를 묻었다.

"너는 대단하구나. 나는 언젠가 네게 구원받을 것 같은 기분이 들어. ……아니면 너와 만나서 이미 구원받았거나. 세라피나, 알겠지? 너를 왕도로 데리고 돌아갈 거다. 그리고 다시는 숲에 돌려보내지 않을 거야."

납치한다고 해놓고 마지막에는 내 의사를 확인하는 시리우스에게 나는 고개를 크게 끄덕였다.

"응, 시리우스. 같이 왕도에 갈게!"

──정령들과 헤어진다고 해도 나는 시리우스를 선택할 거야.

마음속으로 그렇게 중얼거리자마자 가슴에 상쾌한 바람이 분 듯한 감각을 받았다.

속이 후련하니 정답을 고른 듯한 기분이 든다.

그리고 이 숲을 '졸업'할 때가 왔음을 이해했다.

……이 숲은 아이들의 것이다.

렌트 숲에 어린 정령들만 사는 건 어른이 되어 계약해야 할 때가 온 정령은 전부 숲에서 나가기 때문이다.

내가 그들과 친하게 지낸 3년 동안에도 여러 명의 정령이 숲을 떠났다.

이번에는 내 차례——…….

하지만 세븐과 헤어진다고 생각하니 눈물이 맺혔다.

그때, 세븐이 불쑥 눈앞에 나타났다.

세븐은 허공에 떠서 키가 큰 시리우스의 품에 안겨 잇는 나를 들여다보고는 기쁘다는 듯 웃었다.

《피, 축하해! 눈이 보이게 되어서 다행이야!! 그리고 피가 왕도에 가면 당연히 나도 같이 갈 거야.》

"어? 그, 그래도 돼?!"

놀라서 되묻자 세븐은 당연하다는 듯 고개를 끄덕였다.

《나는 피의 계약 정령이니까. 당연히 피를 따라가지. 애초에 피를 혼자 보냈다간 다들 걱정해서 밤에만 잘 수 있게 될걸. 동료들의 걱정을 덜어주기 위해서도 내가 피를 따라가야지.》

세븐의 이야기를 듣고 내 얼굴은 자연스럽게 웃는 얼굴이 되었다.

조금 전까지 치밀었던 슬픔의 눈물이 주룩 흘렀지만 지금은 기쁨의 눈물처럼 보일 것 같았다.

"기뻐! 세븐, 고마워!!"

《천만에!》

세븐과 서로를 바라보며 웃고 있었더니 시리우스가 물었다.

"세라피나, 그 어린애는 네 정령이냐?"

"어? 세븐이 보여?"

깜짝 놀라서 물어보자 시리우스는 고개를 끄덕였다.

"그래. 어린아이 정령은 처음 봤는데, ……그렇군. 네가 '보이지 않는 좋은 것'인가. ……실제로 '좋은 것'은 정령이었군."

"그게."

"아마 정령이 보이지 않도록 강한 힘을 쓴 거겠지. 그리고 그걸 의도적으로 풀어서 나에게도 네 정령이 보이게 된 것일 테고."

"……그런 거야? 세븐."

세븐이 그런 게 가능한가? 의아해하며 묻자 내 정령은 '글쎄다?'라는 느낌으로 어깨를 으쓱했다.

부정하지 않는 걸 보면 시리우스의 말이 맞는 모양이다.

"정령은 말을 안 한다는 게 통설이었는데, ……세라피나. 너는 정령의 목소리가 들리는 거야?"

"어? 어."

"……그래. 너는 여러모로 파격적이군. ……과연 나는 이 터무니없이 비상식적인 존재를 올바르게 지킬 수 있을까?"

시리우스의 말투는 누가 들어도 알 수 있을 만큼 장난기가 섞여 있었지만 세븐은 그의 발언이 마음에 안 들었던 건지 시리우스의 어깨를 힘껏 찼다.

"세, 세븐!"

놀라서 타일렀지만 세븐은 먼 산을 쳐다보며 전혀 반성할 마음이 없어 보였다.

하지만 시리우스가 중재하듯 끼어들었다.

"세라피나, 네 정령을 눈감아줘. 지금 그건 어설프게 농담한 내 잘못이니까. 고향을 떠나면서까지 따라가려고 할 만큼 좋아하는 상대를 소중히 여기지 않는 발언을 들으면 누구나 화가 나기 마련이다."

나는 시리우스를 힐끗 쳐다봤다.

……시리우스에 대해 아직 잘 모르지만, 세븐을 시험한 게 아닌가 하는 생각이 막연히 들었기 때문이다.

어쩌면 시리우스는 세븐이 나를 얼마나 위하는지 확인하고 싶어서 일부러 세븐을 떠보는 발언을 한 건지도 모른다.

진의를 확인하듯 뚫어지게 쳐다보았지만, 왕국의 중신은 내 예리한 시선을 눈치채지 못한 척하며 쾌활하게 웃었다.

"그럼 다 함께 왕도로 돌아갈 준비를 하자! 주인이 없어지니 별궁도 전부 필요 없어지겠지. 기사, 시녀, 시종, 요리사, 마부, 정원사, 전부 왕도로 데리고 돌아간다. 또한 가져가고 싶은 짐이 있다면 가구든 정원수든 전부 옮긴다!"

시리우스의 말을 들은 기사들이 '가구라니 침대인 건 아니지?!', '저, 정원수?!' 하며 깜짝 놀랐다.

아마도 실제로 짐을 나르는 역할은 기사들이 담당하게 되겠지.

──나는 그날 종일 내 눈이 보이게 되었다고 울면서 기뻐해 준 모두와 함께 왕도로 가져갈 짐을 정리했다.

가족 데뷔

"세라피나, 긴장할 거 없어. 오랫동안 널 기다렸던 부모님과 재회하는 것뿐이야. 게다가 내가 옆에 있고."

"으, 응……."

나는 작게 고개를 끄덕인 뒤 나란히 걸어주는 시리우스의 손을 꼭 붙잡았다.

왜냐하면 국왕의 방으로 이어지는 복도는 넓고 긴 데다 같은 간격으로 장신의 기사가 지키고 있다 보니 그 웅장함에 압도당할 것 같았기 때문이다.

발밑에 배치된 복잡한 문양이 박힌 돌은 반짝반짝하게 잘 닦여 있어서 발을 내디딜 때마다 뚜벅뚜벅 큰 소리가 났다.

여태까지 별궁에서 살았다고는 하나, 같은 궁이라기엔 전혀 다른 공간이었다. 어쩐지 내가 와야 할 곳이 아니었다는 느낌에 후회가 치밀어서 시리우스가 잡아준 손에 힘을 주었다.

──성에 들어갈 때까지는 나도 순수하게 경치를 구경했다.

"와, 대단해! 성 같아!"

왕성을 올려다보며 폴짝거리자 시리우스가 '역시 세라피나야. 정답이다'라며 웃었다.

명백하게 도시에 익숙하지 않아서 보이는 것마다 다 신기해하는 나를 시리우스는 귀찮다며 밀어내는 일 없이 하나하나 세심하게 설명해주었다.

"저건 노점이라고 해서 평소 필요한 물건을 파는 가게야. 나중에 같이 보러 갈래?"

"그래, 확실히 왕도에는 높은 건물이 여럿 있지. 하지만 가장 높은 건 왕성에 있는 감시탑이다. 언젠가 같이 올라가 볼래?"

　그런 식으로 시리우스는 미래를 많이 약속해주었다.

　그게 앞으로도 계속 내 곁에 있어 준다는 증거 같아서 안심한 나는 생글생글 주변을 둘러보았지만, ──왕성에 들어가자마자 분위기가 일변했다.

　장엄하고 웅장하며 아름답고 호화로운 성. 잘 차려입고 그 안을 오가는 귀족들.

　왕성의 예절인 건지 오가는 사람들은 다들 표정이 없고 한마디도 하지 않은 채 지나갔다.

　내가 궁금한 건지 힐끔힐끔 시선을 보내긴 했지만, 그쪽을 보면 말없이 슥 고개를 돌렸다.

　천장이 높고 옆으로도 앞뒤로도 넓은 공간은 그것만으로도 중압감이 느껴졌지만, 왕성은 거기에 호화로움이 더해져 나한테 안 맞는 곳에 와 버렸다는 느낌이 밀려들었다.

　그런 가운데 긴장하며 걷던 나는 다리가 꼬여서 앞으로 고꾸라졌다.

"앗!"

하지만 잡고 있던 시리우스의 손이 부축해서 넘어지는 최악의 사태는 간신히 면했다.

그래도 기울어진 몸을 버티고 있었더니 시리우스의 반대쪽 손이 내 허리에 감기더니만 그가 나를 번쩍 안아 들었다.

"어?"

놀라서 의아해하는 사이에 시리우스는 나를 안아 든 채 복도를 걸어갔다.

"시, 시리우스!"

시리우스가 나를 안아 들자마자 복도에 서 있던 무표정한 기사들이 눈을 부릅뜬 걸 보면 그의 행동은 놀라운 것인 모양이다.

"내, 내려줘! 시리우스처럼 훌륭한 기사는 어린아이를 안아 드는 게 아니야."

폐를 끼치지 않으려고 내려달라고 하자 시리우스는 내 귓가에 입을 가져가 비밀이야기를 할 때처럼 작게 소곤거렸다.

"세라피나, 이건 비밀인데 나는 어린아이를 안는 걸 좋아해. 하지만 나에게도 입장이 있으니까 그런 말을 하기 어려워서 여태까지 한 번도 어린아이를 안아 든 적이 없지. 그런 나를 동정해서 오늘 정도는 마음대로 하게 해줘."

시리우스가 그런 식으로 말하니 반대할 수도 없었다.

결국 나는 성큼성큼 복도를 걸어가는 시리우스의 품속에서 인형처럼 얌전히 안겨있게 되었다.

그러자 신기하게도 시리우스가 지켜주고 있다는 기분이 들어 조금 전까지 무서웠던 왕성이 괜찮아졌다.

"후후후, 시리우스는 굉장해!"

긴장감이 이상하게 작용한 건지 시리우스의 목에 매달린 채 웃자 시리우스는 '칭찬 고마워, 아가씨'라며 씩 웃었다.

시리우스가 데려간 곳은 국왕의 방이었다.

안에서 기다리던 국왕과 왕비 두 사람이 시리우스에게 안긴 내가 방으로 들어오자 화들짝 놀란 듯 일어났다.

태어난 뒤 바로 별궁에서 살았던 나는 부모님을 기억하지 못했지만 두 사람은 나를 알아본 건지 안색을 바꾸며 달려왔다.

"세, 세라피나. 다친 건가?!"

금발에 파란 눈동자를 지닌 프로키온 국왕은 40살 정도 되는 다정해 보이는 얼굴이었다.

"세상에, 시리우스 님 품에 안겨있다니 어지간히 심한 상태인 거니?"

빨간색과 갈색이 섞인 머리카락에 녹색 눈동자를 지닌 스피카 왕비는 마찬가지로 40살 정도 되는 단호한 인상의 여성이었다.

두 사람 다 시리우스 앞에서 멈춘 뒤 내 얼굴을 보고는 깜짝 놀란 듯 눈을 부릅떴다.

"세, 세라피나, 눈이⋯⋯."

"어머, 눈을 떴잖아? 서, 설마 보이는⋯⋯."

그 이상은 말을 잇지 못하고 침묵한 국왕 부부 대신 시리우스가 이어받았다.

"세라피나는 더없이 건강하고, 다친 곳 하나 없습니다. 그리고 눈은 보입니다."

""세라피나!!""

감격에 겨워 이름을 부른 두 사람이 시리우스의 품에서 나를 받아 안았다.

누구의 눈물인지 알 수 없는 눈물이 내 위로 뚝뚝 떨어졌다.

"……아버지? ……어머니?"

무심코 부르자 두 사람은 눈물로 엉망이 된 고개를 들었다.

"그래, 네 아버지다 세라피나! 대단하구나. 태어났을 때 만난 뒤로 처음 보는 것인데 나를 알아보다니!! 이 아이는 천재야."

"그래, 그렇단다 세라피나. 나의 사랑스러운 아이. 세상에, 고작 6년 만에 이렇게나 자랐구나."

뚜렷하게 보여주는 호의에 가슴이 따끈따끈해졌다.

아버지와 어머니는 나를 소중히 여기고 계시는구나. 그 사실이 기뻐서 생글생글 웃자 국왕 부부와 함께 같은 소파에 앉혀주었다.

정확하게는 내가 앉아있는 건 소파가 아니라 두 사람의 무릎 위로, 몇 분 간격으로 무릎 위를 번갈아 오가게 했다.

내가 무릎 위에 앉으면 아버지도 어머니도 웃으면서 머리를 쓰다듬어주었다.

"……나 원, 그렇게 귀엽다면 빨리 왕성으로 부르면 좋았을 것을."

시리우스가 황당하다는 듯 중얼거리자 국왕은 날카로운 눈매로 시리우스에게 반박했다.

"시리우스, 네 말이 맞긴 하지만 세라피나는 계속 앞이 안 보였잖냐! 맹인인 이 아이가 음모가 횡행하는 왕성에서 생활한다니 도저히 견디지 못했을 거다! 앗, 아니, 그런데 이 아이는 언제 눈이 보이게 된 거지?! 나는 보고를 받지 못했는데."

왕이 퍼뜩 놀란 듯 시리우스를 쳐다보았다.

"아름답고 청초한 왕녀의 저주를 푸는 건 언제나 왕자의 키스인 법! 시시시, 시리우스! 너는 아무리 세라피나가 귀엽다고 해도 이런 어린 소녀에게 무슨 짓을 한 거냐!!"

멋대로 상상하고 얼굴이 새빨개진 왕을 보고 시리우스는 진심으로 질린다는 표정을 짓고는 더욱 큰 혼란을 부르는 말을 입에 담았다.

"저를 잘 알고 계시는 폐하께서 그렇게 말씀하신다면 저는 세라피나처럼 어린아이가 취향인가 봅니다. 지금까지 눈치채지 못했습니다. 책임질 테니 그녀를 제게 주시죠."

"다, 당연히 안 되지……."

무시무시하다는 듯 부르르 고개를 젓는 왕의 옷 소매를 왕비가 잡아당겼다.

"……여보, 세라피나의 눈동자는 금색이에요."

"지금은 그게 중요한 게…… 응? 뭐?!"

그러고는 두 사람 다 내 눈을 빤히 살펴보았다.

"정말로 금색 눈동자야……. 이건 정령왕의 축복이잖아!"

왕과 왕비가 왜 놀라는 건지 이유를 알 수 없어 고개를 갸웃거리자 시리우스가 설명해주었다.

"세라피나, 왕가의 선조인 정령왕의 눈동자가 금색이었어. 따라서 왕가에는 드물게 금색 눈동자를 지닌 아이가 태어나는데, 모두 예외 없이 '정령왕의 축복'을 받고 특별한 가호가 내려지지."

"……그, 시리우스………."

왕이 여전히 나를 껴안은 채 조금 전과는 반대로 면목 없다는 표정이 되어 조심조심 입을 열자 시리우스가 날카롭게 노려보았다.

"무슨 일입니까. 어린 딸이 있는 폐하께서는 어린아이를 노리는 저에게 더는 볼일이 없을 줄 알았습니다만."

"아니, 음, 잘못했다. 너는 여자를 꺼리니 어린아이라고 해도 마찬가지라는 걸 완전히 잊고 말았어."

"…………."

아마 왕은 나름 사과라고 하는 모양이었다.

시리우스의 흉흉한 표정을 보니 틀림없이 지뢰를 밟은 것 같지만, 왕 본인은 전혀 눈치채지 못한 듯 미안하다는 표정으로 말을 이었다.

"세라피나의 눈동자가 금색이라면 눈을 뜨지 못했던 건 '정령왕의 축복'이었던 거겠지. 이 진실을 비추는 눈으로 너무 많은 것을 보지 않도록, 어린 시절에는 정령왕께서 가리고 계셔주셨던 거야."

오해해서 미안하다고 이어진 말에 대답하지 않은 채 시리우스는 왕의 무릎 위로 손을 뻗어 나를 잡고 자신의 무릎 위에 올렸다.

"어?"

"시리우스?!"

나와 왕의 목소리가 동시에 터졌지만, 시리우스는 완전히 무시하고는 한쪽 팔로 내 배를 감았다.

　"전혀 자각하지 못했지만 저는 어린 여자아이를 좋아하는 게 아니라 여자를 꺼리는 거였군요. 하지만 어째서인지 세라피나는 괜찮은 모양이니 저는 유일하게 받아들일 수 있는 그녀를 소중히 여기겠습니다."

　거기까지 말하자 간신히 왕은 시리우스가 화났다는 걸 알아차린 모양이었다.

　"에이, 시리우스도 참. 비유한 거다, 비유! 여자를 꺼린다는 건 고지식하고 멋있다는 의미야. 내가 시리우스처럼 생겼다면 틀림없이 수많은 여성과 더없이 즐거운 나날을 보낼 텐데 너는 아무와도 어울리지 않고 검만 휘두르는 대단한 녀석이잖아! 그 결과 여성보다 남성에게 더 인기가 많아져서 우락부락한 기사들이 시리우스를 너무 잘 따르는 나머지 반대로 여성들이 일절 다가가지 않게 되었다는, 전혀 부럽지 않은 상황이 되었지만 말이야. 하하하하하!"

　그때가 되어 나는 간신히 이해했다.

　아하, 아버지는 입을 열면 망하는 타입이구나.

　말을 할수록 상황이 악화하고 있어…….

　수많은 여성과 즐거운 나날을 보낸다고 말하자마자 옆에 앉아 있는 어머니가 험악한 표정이 되었지만 아버지는 눈치채지 못한 모양이다.

　……히, 힘내세요.

마음속으로 아버지에게 응원을 보내고 있었더니 머리 위에서 시리우스의 한숨이 들렸다.

"……폐하의 마음은 충분히 이해했으니 그 이상 말씀하지 않으셔도 됩니다."

오랜 교류로 인해 시리우스는 왕의 성격을 잘 이해하고 있으며, 이건 뭐 어떻게 할 수 없다며 포기한 모양이었다.

"그리고 저도 여태까지 세라피나의 눈이 막혀 있었던 건 정령 왕의 축복이었다고 생각합니다. 그리고 제가 궁지에 빠졌을 때 세라피나는 그 눈을 뜨고 저를 구해주었죠."

"시리우스를 구했다고?"

이해하지 못하겠다는 양 고개를 갸우뚱거리는 왕에게 시리우스가 고개를 끄덕였다.

"렌트 숲에서 마물을 만났을 때 세라피나는 저를 포함한 많은 기사를 구했습니다. 그녀는 훌륭한 성녀입니다."

""성녀?!""

국왕 부부가 놀라서 시리우스의 무릎 위에 앉은 어린 막내 왕녀를 바라보았다.

"렌트 숲은 정령이 지키고 있어서 마물은 절대 나타나지 않을 텐데?!"

"이 어린 세라피나가 마물과의 싸움에 휘말렸다고?!"

당황하는 두 사람에게 시리우스는 그가 별궁에서 본 것을 이야기했다.

시리우스의 이야기 속에 나오는 나는 실제보다도 대단한 사람이었기 때문에, 시리우스가 나를 그렇게 보고 있었다는 게 기뻤다. ……하지만 나는 그의 목소리를 자장가 삼아 어느새 잠들어 버렸다.

◇ ◇ ◇

그날 밤은 시리우스를 포함한 가족 모두가 식사하게 되었다.

따라서 부모님과 만나는 도중에 잠들어버린 내 옆에 시리우스가 계속 붙어있어 주었고, 눈을 뜬 나를 만찬실까지 안내해주었다.

그때 시리우스가 잠에서 깬 나를 보고 '문제없네'라고 도장을 찍어주었기 때문에 그대로 와버렸지만…… 만찬실의 거울에 비친 모습을 확인한 나는 충격을 받아 그 자리에서 움직이지 못하게 되었다.

왜냐하면 머리카락은 부스스하고 드레스도 잔뜩 구겨져 있었기 때문이다.

"히익!"

놀라서 소리친 나에게 이미 자리에 앉아있던 추정 오라버니들에게서 목소리가 날아왔다.

"하하, 이거 참 심한데!"

"정말로 이 정도로 부스스한 머리는 오랜만에 봤어!"

"형님들, 이것이 시골풍인 겁니다. 오랫동안 시골에서 살았으니 왕도와는 유행이 다른 거겠죠."

놀림을 당해 고개를 숙이고 있었더니 시리우스가 목소리의 주인들을 날카롭게 노려보았다.

"쓸데없는 소리를 그렇게 줄줄 나불거리다니, 아무래도 체력이 남아도는 모양이군. 세 사람 모두 내일 아침 5시에 기사단 훈련장으로 와라! 상대해주마."

"억?"

"힉!"

"윽!!"

세 명의 오라버니들이 괴성을 지르는 사이에 아버지와 어머니가 만찬실에 들어왔다.

전원이 다 보이자 나는 머리카락을 정리하던 손을 멈추고 만찬실 중앙에 섰다.

그 후 두 손으로 드레스 자락을 잡은 뒤 사람들을 향해 인사했다.

"처음 뵙겠습니다, 세라피나입니다. 6살입니다."

짧은 침묵 후 아버지가 박수를 치며 상기된 목소리로 말했다.

"세라피나는 대단하구나! 고작 6살인데 벌써 어엿한 숙녀의 인사를 할 줄 알다니! 머리카락도 조금 전과는 다르게 구불구불한 것이 천사 같아! 아아, 드디어 다섯 번째 아이로 우리 가문에 천사가 태어난 건지도 모르겠구나!"

어머니는 기쁘다는 듯 웃었다.

"정말로 세라피나는 훌륭한 숙녀구나."

부모님은 내가 최근까지 눈이 보이지 않았다는 걸 알기에 그걸 고려해서 채점이 후한 것이겠지만 그래도 칭찬받은 건 기뻤다.

"우후후후후."

내가 내 자리에 앉자 오라버니들이 자기소개했다.

"제1왕자 베가, 19살이다."

"제2왕자 카펠라, 17살이다."

"제3왕자 리겔, 16살이다."

세 명의 설명은 무척 간단했기에 이 정도라면 외울 수 있을 거라며 안도했다.

금발이 베가 오라버니, 갈색 머리가 카펠라 오라버니, 빨간 머리가 리겔 오라버니구나.

이어서 심홍색 머리카락에 녹색 눈동자를 지닌 언니가 입을 열었다.

"제1왕녀 샤울라, 12살이야. 세라피나는 무척 귀엽게 생겼구나."

"엇!"

놀라운 말을 들어서 무심코 소리가 튀어나왔다.

그러자 샤울라 언니는 의아하다는 듯 고개를 갸웃거렸다.

"어머, 내가 놀랄 만한 말을 했나?"

"하, 하지만, ……나는 안 귀여우니까."

내 말을 들은 아버지가 '뭣!' 하고 큰 소리를 냈다.

그러고는 눈꼬리를 치켜세우고 무시무시한 목소리로 물었다.

"세라피나, 어째서 그렇게 생각했니?"

"어, 그건, 그……."

힐끔 시리우스를 올려다보자 아버지가 더 무서운 목소리로 물었다.

"시리우스가 무언가 말한 거니?"

그 말에서 시리우스에게 못생겼단 말을 들었다고 오해했다는 걸 깨닫고 두 손을 휘휘 내저었다.

"아, 아니."

하지만 솔직하게 말했다간 시리우스를 홍보하는 셈이 되니 그 이상 말을 이을 수가 없어 고개를 숙였다.

그러자 옆에 앉아있던 시리우스가 내 얼굴을 들여다보았다.

"세라피나, 생각한 걸 솔직하게 말해."

"하지만…… 솔직하게 말하면 시리우스는 슬퍼할 거야."

"그때는 네가 위로해줘. 어쨌거나 네가 비밀을 만든 지금보다 더 슬퍼할 일은 없어."

시리우스가 그렇게 단언한 덕분에 나는 굳게 결심하고 입을 열었다.

"그, ……그야, 시리우스는 아주 못생겼으니까! 그러니까 같은 기준으로 따지면 나도 아주 못생겼어!!"

"" ……………뭐?"""

내 말을 들은 전원이 멍하니 입을 벌렸다.

"내가…… 못생겼다고?"

한편 시리우스는 당황하며 얼굴의 코 아래쪽을 손바닥으로 덮었다.

그 모습을 보고 역시 말하지 말았어야 했다며 후회가 샘솟았다.

하지만 내가 뭐라고 말을 하기도 전에 가장 먼저 정신을 차린 아버지가 웃음을 터트렸다.

"흐하하하하! 시, 시리우스가 못생겼다니! 아, 어떡하지, 너무 웃기네. 아니, 사실 시리우스는 너무 많은 걸 갖고 태어났다고 계속 얄미워했었거든! 조카에게 그런 감정을 느끼다니 속이 좁다고 스스로를 타이르며 내내 참아왔는데, 흐하하하, 통쾌해라~!"

어머니가 날카로운 눈매로 아버지를 노려보았다.

"마흔이 넘은 나이에 당신도 참, 꼴사나울 정도로 열등감 덩어리로군요! 시리우스 님이 못생겼다면 당신은 뭐라고 표현해야 하는 겁니까?"

사람들의 반응이 내 발언을 부정하는 것 같았기에 당황했다.

조심조심 시리우스를 보자 그는 진지한 표정으로 입을 열었다.

"세라피나, 솔직하게 대답해봐. 너는 내 얼굴이 싫어?"

"어? 나는 시리우스의 얼굴이 아주 좋아!"

일반적으로 잘생긴 부류는 아닌 듯한 시리우스지만 나는 최고로 멋있다고 생각한다.

반짝거리는 은발 아래에 반짝거리는 은백색 눈동자가 아주 예쁘니까.

"하지만 너는 나를 못생겼다고 생각하는 거지?"

진지한 표정으로 물어보는 시리우스에게 나는 고개를 붕붕 저었다.

"어, 아니, ……내 감각은 다른 사람과 다르니까 시리우스가 멋있어 보여. 하지만 세븐이……."

세븐이 시리우스를 아주아주 못생겼다고 했었다.

……그 말을 하던 도중 이러면 고자질하는 셈이라는 걸 깨닫고 허둥지둥 입을 다물었다.

어쩌지. 난감해서 올려다보자 시리우스는 이해했다는 듯 고개를 끄덕였다.

"그래…… 그렇군. 너의 그 장난을 좋아하는 정……."

하지만 시리우스가 말을 마무리하기 전에 아버지가 큰 목소리로 말했다.

"세라피나, 나는 남자니까 마찬가지로 남자인 시리우스의 미추는 모르지만 네가 세상에서 가장 귀엽다는 건 틀림없단다!"

"엇!"

놀라서 소리치자 어머니도 같은 말을 해주었다.

"폐하의 말씀대로입니다. 세라피나, 당신은 세상에서 가장 귀여워요."

"어어?!"

뭐지. 이거 빈말인가? 빈말이지?

눈을 부릅뜨고 있었더니 어머니가 한층 놀라운 말을 이었다.

"그리고 이 나라의 여성 중 절반은 시리우스 님을 세상에서 가장 아름답다고 생각한답니다. '각수 기사단 넘버 원 미형 기사'에 3년 연속으로 뽑혔을 정도니까요."

"어어어!!"

어, 어라? 하지만 세븐이……. 그래, 세븐이…… 세븐!

맞다. 그 애는 장난치는 걸 아주 좋아해서 사실과 반대되는 말을 자주 하곤 했었지!!

"어? 그럼 시리우스는 잘생긴 거야??"

혼란에 빠져서 연신 눈을 깜빡이자 아버지가 즉각 반론했다.

"세라피나, 왕비는 과장이 심해. 시리우스를 아름답다고 생각하는 여성은 기껏해야 이 세상에 2% 정도지. 애초에 기사단 자체가 미형이 모이기 힘든 직업이니 말이야. 음유시인이나 그런 집단에서 넘버 원이라면 정말로 미형이겠지만."

"당신의 열등감도 정말 추하네요! 이 아이는 간신히 많은 것들을 볼 수 있게 되어서 미적 감각을 쌓아가는 중이잖아요. 잘못된 정보를 줘서 방해할 생각이신가요?"

어머니에게 혼난 아버지는 잠시 풀이 죽어서 무언가 생각에 잠겼지만, 마지못해 입을 열었다.

"그럼 세라피나, 네게 진실을 알려주마. 이 나라에서 가장 잘생긴 건 나고 두 번째가 시리우스다. 그리고 그 가장 잘생긴 나를 쏙 빼닮은 너는 세상에서 가장 귀엽지."

뭐가 사실인지 알 수 없게 된 나는 난감해하며 시리우스를 올려다보았다.

"그런 거야? 시리우스."

그러자 시리우스는 내 머리 위에 커다란 손을 올렸다.

"미추는 어차피 개인의 감각에 달린 문제라 수치화할 수 없어. 내 개인적인 감각에 기반해서 말한다면 지금까지 본 사람 중 네가 제일 귀여워."

"으아, 아으으으."

대놓고 제일 귀엽다는 말을 들은 게 부끄러워서 얼굴이 새빨개져 시선을 돌리자 다들 입을 떡 벌리고 있었다.

"……시리우스 님이 누군가를 귀엽다고 말하는 모습은 처음 봤어요."

"세라피나, 굉장해! 난공불락의 유리시즈 공작님을 고작 며칠 만에 사로잡다니."

어머니와 언니가 눈이 휘둥그레져서 반응하자 아버지가 당황하며 화제를 바꾸었다.

"시, 식사하자!"

그렇게 간신히 만찬이 시작되었다.

──하지만.

나는 테이블에 놓인 식기를 보고 울상을 지었다.

왜냐하면 나이프와 포크와 숟가락이 테이블 위에 한가득 있었기 때문이다.

심지어 그건 접시 오른쪽, 왼쪽, 위라는 위치에 놓여있다.

이렇게 많이 있으면 어떻게 해야 하는 거지?

어쩌면 오른손에 두 개, 왼손에 세 개씩 들어야만 하는 걸까??

여태까지 나는 눈이 보이지 않았기 때문에 사전에 모든 요리가 한입 크기로 잘려 나왔고, 포크도 숟가락도 하나만 사용했다.

성에 올 때까지 여행하는 동안에도 간단한 식사만 해서 이렇게 많은 식기는 본 적이 없었으므로 올바른 테이블매너를 전혀 모른다.

너무 난처해서 손을 무릎 위에 올려놓고 고개를 숙이고 있었더니 옆에서 팔이 다가왔다.

어느새 나는 시리우스의 무릎 위에 앉아있었다.

"시리우스, 너는 뭘 하는 거냐?! ·········앗! 그, 그런가."

반사적으로 비난한 아버지였으나 시리우스가 신호를 보낸 건지 바로 이해했다는 표정을 지었다. 그러고는 시무룩하게 눈썹꼬리를 내렸다.

"으음, 세라피나. 너는 아직 어리니까 시리우스의 도움을 받아서 식사하렴."

아마 아버지는 내가 올바른 테이블 매너를 익히지 못했다는 걸 눈치채고 시리우스의 도움을 받는 게 좋다고 생각한 모양이었다.

시리우스는 여러 개 있는 식기 중에서 주저 없이 포크와 나이프를 하나씩 손에 들고 접시 위에 있던 전채 요리를 한입 크기로 잘라 내 입에 넣으려고 했다. ······하지만 그건 시리우스의 한입이었기 때문에 내가 입을 크게 벌려도 반밖에 들어오지 않았다.

어쩔 수 없이 나는 입을 제대로 다물지 못한 채 열심히 씹으려고 했다.

그러자 머리 위에서 후회하는 듯한 목소리가 들렸다.

"세라피나, 미안하다. 설마 네 입이 그렇게 작은 줄은 몰랐어."

그러고는 흥미진진하다는 듯 우리를 보는 가족 전원을 날카롭게 노려보았다.

"구경거리가 아니잖아! 자기 식사에 집중해."

다들 당황하며 시선을 돌렸지만, 곧바로 시리우스에게 슬쩍 시선을 되돌렸다.

무서운 것일수록 보고 싶어 하는 심리인 건가.

……부스스한 머리로 만찬에 참석하고 혼자 식사도 하지 못하는 시점에서 내 인사는 실패인 게 아닐까.

그렇게 풀이 죽으면서도 입에서 반쯤 튀어나와 있던 요리를 두 손으로 억지로 쑤셔 넣은 뒤 최대한 빨리 우물우물 씹었다.

간신히 삼키자 시리우스가 새 요리를 다시 입으로 가져다주었다.

넙죽 받아먹은 뒤 나는 원망 어린 눈으로 시리우스를 올려다보았다.

"왜 그래? 세라피나."

"이러케 그파게 먹으면 턱이 빠질 거야. 게다가 시리우스는 저녀 못 머꼬 이쓰니까, 시리우스도 먹어."

"그래…….'"

시리우스는 당황한 듯 대답하더니 다음 나에게 먹일 용도로 포크에 찔렀던 작은 조각을 입에 넣었다.

그러고는 고작 몇 입 만에 삼키더니 이해할 수 없다는 듯 고개를 갸웃거렸다.

"……고작 이만큼을 입에 넣었다고 턱이 빠진다고? 너는 요정처럼 섬세하군."

시리우스의 말을 들은 아버지가 바로 반론했다.

"아니, 시리우스. 세라피나는 아직 어린아이잖아! 게다가 어린아이가 아니어도 너를 기준으로 비교하면 안 되지. 너를 기준으로 삼으면 다들 요정처럼 섬세해질 테니까!"

처음에는 어색했던 가족 식사도 시간이 지날수록 점점 적응이 되었다.

덕분에 그때까지는 말없이 시리우스와 나를 관찰하던 가족의 입에서 이런저런 이야기가 나오게 되었다.

그 이야기를 종합하면 세 명의 오라버니는 성인이고 기사단 소속이면서도 각자 정무를 돕거나 왕족으로서 역할을 짊어지고 있다고 했다.

그리고 언니는 아름다운 심홍색 머리카락을 지녔으니 훌륭한 성녀가 되기 위해 훈련하고 있다고 했다.

"샤울라 언니, 저도 훌륭한 성녀가 되고 싶어요!"

용기 내어 그렇게 말하자 시리우스의 손이 내 배를 꾹 감았다.

"세라피나, 언니에게 부탁할 필요는 없어. 네가 성녀로서 훈련을 받고 싶다면 내가 필요한 준비를 해주마."

언니는 깜짝 놀란 듯 눈이 휘둥그레졌다.

"와, 이게 정말로 시리우스 님이야? 여태까지 기사단의 기사들 말고는 누구에게도 관심을 보이지 않았는데, 어째서 세라피나에게는 이렇게 지극정성인 거지?"

"……나도 어린애한테는 친절해."

시리우스가 작게 대답한 말에 가족 전원이 말없이 고개를 저었다.

그러고는 샤울라 언니가 황당하다는 얼굴로 입을 열었다.

"나도 태어났을 때는 어린애였거든! 하지만 시리우스 님은 어린아이인 나는 안중에도 없었잖아."

아버지도 동의했다.

"그 말대로 시리우스는 기사 말고는 관심이 없지. 사람이 많이 있어도 '기사'인지 '기사가 아닌 자'인지로 분류하고 '기사가 아닌 자'는 보이지 않는 것처럼 행동했고. 어떻게 된 거지? 시리우스. 과로 때문에 기사판별능력이 망가졌나?"

시리우스는 생각지도 못한 반응이라는 듯 한쪽 눈썹을 치켜들었다.

"저는 늘 정상입니다. 그리고 폐하께 부탁받은 세라피나의 가치를 끌어올리기 위한 계획을 실행하는 거죠."

"뭐?! 그건 왕성에 데려올 때까지 부탁한다는 거지. 그동안 내가 네게 많은 의뢰를 했지만 그렇게 성실하게 실행한 적은 한 번도 없었으면서!"

"오해입니다. 저는 태어나기를 성실하게 태어났습니다. 따라서 중간에 역할을 내던질 마음은 없습니다."

어디까지나 왕명을 실행 중이라고 주장하는 시리우스 앞에서 아버지가 고자질이라도 하듯 어머니를 쳐다보았다.

"우와, 세라피나를 돌보기 위해 내 말을 면죄부로 삼을 생각이잖아! 시리우스는 교활하군."

하지만 어머니는 기쁘다는 듯 생긋 웃었다.

"시리우스 님만큼 고결한 분을 저는 또 모른답니다. 그러한 분이 돌봐주신다면 세라피나도 훌륭한 숙녀로 자랄 터이니 감사한 일 아닙니까."

"아니야 왕비! 그건 아니라고! 저런 남자가 사시사철 옆에 붙어 있어 봐. 시리우스가 기준이 되어서 세라피나는 어떤 남성도 받아들이지 못하게 될 거다! 그리고 나도 별것 아니었다고 판단하게 되겠지."

"…………."

"잠깐, 거기서 침묵하지 말아줘! 거짓말이라도 괜찮으니까 부정해주지 않을래?"

떠들썩한 식탁 앞에서 나는 기쁨을 느끼고 후후후 웃었다.

……여태까지 별궁에서 살아서 몰랐지만, 가족이 함께 식사한다는 건 이렇게나 왁자지껄하고 즐거운 일이었구나.

그러자 아버니와 어머니는 말씨름을 멈추고 기대하는 듯한 표정으로 나를 보았다.

"뭐 즐거운 일이라도 있었니? 세라피나."

그 질문에 나는 웃는 얼굴로 부모님을 올려다보았다.

"응, 가족과 식사했어! 그게 아주 기쁘고 즐거워."

내 말을 들은 부모님은 순간 말문이 막힌 듯하더니 얼굴이 확 무너졌다.

"우리도 아주 기쁘단다!"

"그래, 앞으로도 최대한 같이 식사하죠!"

웃으며 고개를 끄적이자 머리 위에서 시리우스의 목소리가 들렸다.

"……그래, 너는 드디어 올바른 장소에 돌아온 거군. 잘 왔어, 세라피나."

나는 고개를 치켜들고 시리우스를 향해 생긋 웃었다.

왕성에서 잘 지낼 수 있을지 걱정했던 것도 이제는 날아가서 즐거움만이 가슴속에 가득했다.

"응, 시리우스! 계속 같이 있자."

깊은 의미 없이 한 나의 말에 시리우스는 순간 눈을 크게 떴지만……

"그래, 계속 같이."

──가슴속 깊이 스며드는 듯한 깊은 목소리로 그렇게 대답해주었다.

그리고 그런 우리를 본 아버지와 어머니, 언니는 무언가를 소리쳤다.

세라피나(순수)와 세븐(책사)의 외모 담론

이것은 시리우스가 못생긴 게 아님을 세라피나가 이해하기 전의 이야기.

──그날 왕도로 돌아오는 도중 나와 세븐은 휴식을 취하고 있었다.

기사들이 말을 쉬게 해주는 동안 근처에 있던 커다란 나뭇가지에 나란히 앉아 다리를 덜렁덜렁 흔들면서 대화를 나누었다.

──참고로 내가 살던 별궁에서 왕도까지는 거리가 멀어서 이동에만 며칠씩 걸렸지만, 매일 숙박할 곳이 곤란하지는 않았다.

왜냐하면 온갖 귀족 저택에 초대받아 그곳에서 숙박하게 해주었기 때문이다.

사실 보통 시리우스는 귀족 저택에서 숙박하는 일이 거의 없어 별궁까지 오는 길에도 마을의 여관을 이용하거나 야영했다고 한다.

그래서 돌아가는 길에 귀족 저택에서 숙박하는 건 나를 위해서겠지.

시리우스는 다정하다고 생각하며 마찬가지로 다정한 세븐에게 상처가 되지 않도록 자연스럽게 말을 걸었다.

"……있지, 세븐. 나는 얼굴의 미추는 신경 안 써."

커다란 나뭇가지에 앉아 다른 대화를 하던 도중 슬쩍 입에 담았는데도…….

《어? 뭐야? 피치고는 웬일로 우회적인 표현인데, 그럼 의미를 알 수 없으니까 확실하게 말해줄래?》

눈치 볼 생각이 없는 세븐이 대놓고 되물었다.

으으, 열심히 생각해서 돌려 말한 거였는데…….

"으음, 즉 세븐은 인간의 눈으로 보면, ……그리 잘생긴 건 아니잖아? 하지만 나는……."

《잠깐, 잠깐만! 왜 그렇게 되는 거야?》

놀라서 내 말을 가로막은 세븐을 보고 나는 머뭇거렸다.

"어? 하지만 세븐이 그랬잖아. 시리우스는 아주 못생겼다고."

《…………(그랬지. 그런 말을 했었지).》

"그리고 세븐과 시리우스는 비슷한 계통의 얼굴로 보이거든. 그러니까 시리우스가 못생겼다면 세븐도 그렇다는 거잖아?"

세븐에게 상처 주지 않도록 조심조심 말하자 그는 이해했다는 듯 작게 중얼거렸다.

《……그렇구나. (하지만 '시리우스가 못생겼다'라는 전제가 틀렸단 말이지. 이건 쉽게 정정하지 못하겠는데?!)》

세븐의 표정이 웬일로 고민하는 표정으로 바뀌었기에 나는 당황해서 큰 소리로 말했다.

"괜찮아, 세븐! 정령은 얼굴이 아니야!!"

하지만 바로 정정당했다.

《아니, 얼굴이야! 마인과 마찬가지로 정령도 고위 정령일수록 잘생겼거든. 얼굴의 미추로 정령의 강약을 판단할 수 있어.》

"그렇구나……."

몰랐다. 그럼 세븐을 어떻게 위로해야 하지.

고개를 숙이고 고민하고 있었더니 세븐이 무언가를 빠르게 중얼거렸다.

《아차! 피가 나를 못생긴 데다 약하다고 믿었어.》

알아듣지 못해서 고개를 들자 세븐은 명백하게 가짜 웃음이라는 걸 알 수 있는 표정을 짓고 있었다.

《물론 일반적으로 생각하면 어른 정령과 어린아이 정령 중에선 어른 정령이 더 강하지만. 그래도 나는 원래 자질이 뛰어나니까 어른 정령에게도 안 져. 그만큼 나는 아주아주 강해!》

누가 봐도 알 수 있다. 세븐은 허세를 부리는 것이다.

"괜찮아, 세븐. 나도 어린아이니까 같이 성장하자."

부드러운 목소리로 말하자 세븐은 당황한 듯 나뭇가지 위로 일어섰다.

《나 지금 위로받고 있는 거지? 그게 아니라!》

"응, 응. 괜찮아, 세븐. 뭐든 좋아하는 걸 말해줘. 나는 전부 받아들일 테니까."

넓은 마음으로 그렇게 말하자 세븐은 머리를 쥐어뜯었다.

《아아, 알았어! 정정할게! 시리우스는 못생긴 게 아니라 잘생겼어!!》

"아이, 세븐도 참 착해라!"

시리우스와 처음 만났을 때도 '정령의 동정심'이라면서 그의 못생긴 이목구비를 애매모호하게 가려준 세븐이다.

그런 다정한 정령이기에 지금도 시리우스를 옹호하며 그가 잘생겼다고 말하는 모양이다.

"역시 내 정령은 배려심이 좋아."

기뻐서 웃자 세븐은 재주도 좋게 나뭇가지 위에서 발라당 넘어졌다.

《우와, 피는 한번 이렇다고 믿으면 좀처럼 수정하지 못하는 타입이었지! 덕분에 내가 착해서 시리우스를 칭찬한다고 생각하는 거야. ……그래, 알았어! 그냥 나도 시리우스도 다 못생겼다고 하자!!》

자포자기하듯 그렇게 말하는 세븐에게 나는 부드러운 목소리로 대답했다.

"응, 하지만 나는 신경 안 써."

──그렇다. 세븐이 긍정하는 바람에 대화는 다시 처음으로 돌아갔다.

당연한 귀결로, 세라피나 안에서 세븐은 못생기고 약한 정령으로 인식되었다.

그걸 알아차린 세븐이 필사적으로 주장했지만…….

《피, 역시 틀렸어! 나는 귀엽고 아주 강한 정령이야!!》

"물론이야, 세븐. 나는 전부 다 알아."

그렇게 대답하는 세라피나가 세븐의 말을 믿지 않는다는 건 명백했다…….

전부 다 늦어버렸다.

순수(세라피나)와 책사(세븐)의 대결은 순수가 이겼다는 이야기.

정원 조성

그날 나는 설레는 마음으로 눈을 떴다.

침대에 누운 채 눈을 뜨자 창문 너머로 반짝반짝한 아침 해가 들어왔다. 좋은 날씨다.

"우후후, 정원 만들기에는 딱 좋은 날이야!"

그렇게 혼잣말한 뒤 나는 힘차게 침대에서 뛰쳐나왔다.

무척 감사하게도 왕성에 돌아온 나는 3개의 방이 안에서 연결된 개인 방과 각 방과 이어진 정원을 받았다.

그래서 그 정원을 세븐의 취향대로 개조하려고 한다.

화단에는 이미 귀여운 제철 꽃이 심겨 있지만, 그걸 전부 다른 정원으로 옮겨심고 대신 나무를 잔뜩 심기로 했다.

왜냐하면 세븐은 자신이 태어난 숲을 버리고 나를 따라와 주었으니까.

그런 세븐을 위해 하다못해 세븐이 생활하기 편한 환경을 맞춰주고 싶은 마음에 렌트 숲을 흉내 낸 정원을 만들기로 결의했다.

──그리고 오늘이 그 결행일이다.

나는 열심히 정원 일에 적합한 옷으로 갈아입은 뒤 부츠를 신고 내 방과 이어진 정원으로 향했다.

이른 아침이지만 정원사들은 이미 도착해서 작업을 시작하고 있다.

나는 서둘러 그들에게 달려가 늦게 와서 미안하다고 사과했다.

그 후 정원사들과 함께 정원 리폼에 착수했는데…… 정원사들은 소녀가 좋아하는 귀여운 꽃을 전부 치우고 아무런 화사함도 없는 3미터급 나무들을 심으라는 주문에 당황한 기색이었다.

하지만 정성스럽게 포장된 그 나무들이 일부러 렌트 숲에서 가지고 돌아온 것임을 알자 주저하면서도 전부 심어주었다.

그리고 추가로 작은 묘목을 심으려고 하던 차에 나를 막은 정원사들이 걱정하며 말했다.

"왕녀님, 정말로 또 나무를 심으시려는 겁니까?"

"이미 나무들의 가지가 가로막아서 방에 햇빛이 거의 들지 않게 되었습니다. 여기서 더 묘목을 심으면 금방 성장해서 왕녀님의 방은 낮에도 캄캄해질 겁니다."

"저희는 잘 모르는 분야지만, 나무들이 이렇게 왕녀님의 방을 가려버리면 밖에서 안이 잘 보이지 않아 도둑이 숨어들어도 바로 발견할 수 없지 않겠습니까? 경비 문제는 없을까요?"

"으음, 글쎄."

방에 해가 잘 들지 않는 건 나 혼자만의 문제니까 상관없다.

경비 문제는…… 혼난 뒤에 생각하자.

"문제없어! 말리기 전에 심어버리자."

"네? 말리기 전이라니…… 여, 역시 안 되는 것 아닙니까?!"

울상을 짓는 정원사들을 달랜 뒤 나는 그들과 함께 묘목을 잔뜩 심었다.

단단히 뿌리내리라는 기도를 담아 주변의 흙을 손바닥으로 팡팡 두드려서 다졌다.

그렇게 모든 묘목을 다 심은 나는 자리에서 일어나 주위를 둘러본 후 완성된 풍경에 만족하며 손에 묻은 흙을 탁탁 털었다.

"우후후후후."

무심코 웃고 있었더니 머리 위에서 세븐의 황당해하는 목소리가 들렸다.

《피, 네 정원에 대체 무슨 일이 일어난 거야? 고작 몇 시간 눈을 뗐을 뿐인데 왜 곱게 피어있던 꽃이 전부 다른 곳으로 가버린 건데! 그 탓에 울창한 숲이 되어버렸다고!》

아침부터 어딘가로 놀러 갔던 나의 장난꾸러기 정령이 이제야 돌아온 모양이다.

"후후후, 보는 눈이 있구나! 바로 그 울창한 숲, 즉 렌트 숲을 재현한 거야."

득의양양하게 대답하자 세븐은 깜짝 놀란 듯 눈을 동그랗게 떴다.

《어? 렌트 숲을 만들려고 이렇게 한 거야?! 어, 그, 응, 그렇구나. 듣고 보니 나무가 많다는 건 렌트 숲과 비슷하네.》

피는 계속 눈이 안 보였으니까 어쩔 수 없다고 세븐이 중얼거리는 목소리가 들렸다.

하지만 나는 아랑곳하지 않고 두 팔을 벌려 세븐을 바라보았다.

"그렇고말고! 시리우스의 키보다 더 큰 나무도, 나보다 더 작은 나무도 전부 렌트 숲에서 옮겨왔으니까. 봐봐, 저기 제일 큰 나무는 세븐이 늘 낮잠 자다가 떨어질 뻔하곤 했던 나무야."

세븐은 정원을 두리번두리번 둘러보았다가 난감해하는 얼굴로 질문했다.

《……피, 모처럼 받은 예쁜 정원에 왜 렌트 숲을 만들려고 한 거야?》

나는 세븐을 향해 생긋 웃었다.

"당연히 세븐이 쾌적하게 지내길 그런 거지! 세븐은 날 위해 그 숲에서 나왔으니까 하다못해 비슷한 숲을 선물하고 싶었어."

《……피.》

세븐이 웬일로 울상이 되어 쳐다보았기에 나는 그를 꼭 끌어안았다.

"사랑해, 세븐! 네가 나와 같이 와 줘서 나는 너무 기뻐. 그러니까 네게도 기쁨을 돌려줄게."

세븐은 슥슥 힘차게 눈가를 훔친 뒤 평소보다 명랑한 목소리로 말했다.

《……나를 기쁘게 해주려고 하는 거라면 피가 나를 더욱더 아껴줘! 나는 피가 아껴주는 게 좋으니까.》

"알아. 즉 세븐은 나를 아주 좋아한다는 거지?"

《……피도 나를 좋아하면서.》

"당연하지! 나는 세븐을 좋아해."

그렇게 말한 뒤 나는 껴안고 있던 팔을 풀고 세븐의 얼굴을 바라보았다.

그의 눈과 코가 빨개져 있었지만, 세븐은 《눈에 먼지가 들어갔어. 코는 너무 문질렀기 때문이야》라고 중얼거렸다.

나는 올바른 숙녀답게 눈치채지 못한 척하면서 세븐에게 생긋 웃었다.

"다른 정령들이 세븐이 좋아하는 나무를 많이 알려주었어. 그걸 어떤 식으로 심어놨는지 같이 둘러보자."

세븐과 손을 잡고 정원으로 시선을 주자 정원사들이 얼떨떨한 얼굴로 나를 쳐다보고 있었다.

"왜 그래?"

고개를 갸웃거리며 묻자 정원사들은 조심스럽게 입을 열었다.

"와, 왕녀님께선 누구와 대화하고 계신 거죠?"

"그, 왕녀님은 아까부터 혼자 계셨잖아요?"

그들의 말에 놀라서 세븐을 보자 그는 기운을 되찾은 건지 장난기 어린 미소를 지었다.

《어린 정령과 계약한 성녀는 없다잖아? 게다가 성녀가 부르면 그제야 정령이 성녀 앞에 나타난다고 하고. 즉 나처럼 어린아이에다 늘 계약 상대를 따라다니는 정령은 없다는 거야.》

"어? 어어, 그러게."

《그러니까 나라는 정령이 계속 피 옆에 있다는 걸 알면 피가 너무 주목받게 되겠지? 그리고 이런 이유로 눈에 띄면 곤란할 것 같아서 피 말고는 안 보이도록 모습을 가리는 마법을 걸어놨어.》

"어? 그런 게 가능해?!"

《물론 가능하지. 어른 정령들의 힘으로 렌트 숲 전체에 눈속임 마법을 걸어놨잖아. 뭐, 혼자 실행하려면 상당히 어려운 마법인 데다 마력을 계속 잡아먹으니까 그 숲이 아닌 곳에서 이런 짓을 하려는 정령은 나 말고는 없을 거야. 애초에 정령은 계약자 옆에 상주하지 않으니까 모습을 숨길 필요도 없고. 피 말고 다른 인간은 정령의 말을 알아듣지 못하니까 옆에 있어봤자 정령들도 지루하겠지.》

"그런 이유로 정령은 불렀을 때만 나타나는 거야?"

깜짝 놀라서 눈을 동그랗게 뜨자 세븐은 허공에서 빙글 공중제비했다.

《충분한 이유지. 지루함은 정령을 피폐하게 만들거든.》

지루함 어쩌고는 세븐에 한정된 이야기일 테지만, 그보다…….

난처한 얼굴인 정원사들을 향해 나는 미소 지었다.

……세븐의 존재를 알려줄 수는 없는 모양이니까 어떻게든 수습해야지…….

"그게…… 놀라게 해서 미안해. 나는 그…… 방에서 맨날 인형에게 말을 걸곤 해서, 인형이 없을 때도 습관적으로 나와버린 모양이야."

정원사들은 이해했다는 표정을 지었다.

"그렇군요. 왕녀님께선 아직 6살이시니까요."

"하하, 왕녀님도 참 귀여우셔라."

……다, 다행이다. 어떻게든 잘 넘어간 모양이다.

안심한 나는 몸에서 힘을 빼고 세븐을 쳐다보았다.

그의 얼굴에는 우유를 배부르게 먹고 난 고양이처럼 만족스러워하는 표정이 번져 있었다.

《피, 내가 인형처럼 귀엽다고 말하고 싶은 거라면 정답이야! 나는 귀여운데다 눈속임 마법을 걸 수 있을 정도로 강한 정령이거든.》

내 정령은 뭐든 자기 입맛에 맞게 해석하는 타입인 모양이다. ……하지만 그게 세븐의 장점이지.

나는 쿡쿡 웃은 뒤 '물론 세븐은 세상에서 제일 귀엽고 강한 정령이야!'라며 한 번 더 그를 끌어안았다.

───그 후 정원사들이 떠난 뒤 나는 세븐과 함께 내 정원을 천천히 돌아보았다.

세븐은 마음에 든 건지 **《즐거울 것 같은 정원이네》**라고 말해주었다.

만족한 나는 나무 아래에 앉아 꾸벅꾸벅 졸기 시작했는데…… 중간에 정원사장로 보이는 사람이 다가와 무언가를 소리쳤다.

"이, 이, 이럴 수가! 유서 깊은 왕성 정원에 흔해 빠진 평범한 나무를 심다니!!"

……아니거든. 흔한 품종이지만 렌트 숲에서 자라 정령이 지켜준 특별한 나무거든.

그렇게 설명해야 한다고 생각은 했지만 졸음에 패배해서 입이 떨어지지 않았다.

그래서 내 마음의 소리가 들릴 리 없는 정원사장은 타다닷 빠른 발소리를 내며 달려갔다.

그러나 잠시 후 이번에는 시리우스를 데리고 다시 돌아왔다.

시리우스의 재미있어하는 목소리가 들렸다.

"흠, 그 나무를 이런 식으로 심은 건가. 하하하, 묘목까지 싶다니, 이 일대에 숲을 재현할 생각이군."

"가, 각하! 농담을 늘어놓으실 때가 아닙니다. 격조 높은 왕성 정원을 숲으로 바꾸다니…….."

"이 정원은 세라피나의 것이지. 그 애가 편하게 지낼 수 있도록 조성해야 하지, 고상함을 자랑하기 위한 게 아니야. 단, 시야가 너무 막혀서 경비의 문제는 발생하겠군. 그건 내가 기사들을 재배치해서 해결하마."

시리우스의 단호한 목소리에 정원사장은 그 이상 반박할 말이 없었던 건지 '알겠습니다'라고 대답하고는 바로 떠나는 발소리가 들렸다.

──그런데 시리우스에게는 나무 그늘에서 잠든 내가 보이지 않았던 모양이다.

그래서 기사 배치 장소를 검토하기 위해 내 숲을 산책하던 시리우스가 나를 발견하고는 몹시 놀랐다.

"세라피나, 왜 흙투성이가 되어 이런 장소에서 자고 있는 거야?!"

박력 넘치는 목소리에 순간적으로 잠에서 깼지만, 역시 졸음을 이길 수 없었다.

"그치만, ……나무가 있으면, 졸려."

내가 졸면서 한 말을 시리우스가 이해했을 리 없었고…… 결국 그는 내 말을 말 그대로 해석했다.

──그 결과, 그날 밤 '이러면 푹 잘 수 있겠지'라는 카드와 함께 화분에 심은 1미터 크기의 나무가 내 침실로 배달되었다.
예상대로 보낸 사람은 시리우스였다.
"…………."
멍하니 할 말을 잃어버린 내 주변을 날아다니던 세븐이 배를 잡고 웃은 것은 말할 필요도 없겠지.

나의 호위 기사

내가 왕성에서 살기 시작한 지 한 달이 지났다.

그리고 한 달이나 지나자 하루 생활 패턴이 정착되었다.

아침 일찍 일어나서—— 정확히는 세븐이 깨워줘서 둘이 함께 회복마법을 연습한다.

아침을 먹고 가정교사의 수업을 받는다.

점심을 먹고 낮잠을 잔 뒤 세븐과 다시 회복마법을 연습한다.

저녁을 먹고 시리우스와 대화한 뒤 마법에 관련된 책을 읽으며 잔다.

——이게 대략적인 하루 흐름이다.

왕성에 와서 변한 건 가정교사가 생긴 것과 시리우스와 대화하는 것과 책을 읽을 수 있게 된 것뿐이다.

이따금 아버지와 어머니, 언니, 시리우스가 다양한 곳에 데려가 주지만, '다들 어려운 소릴 하고 있구나……' 하는 사이에 끝나버리기 때문에 힘든 건 하나도 없었다.

그날 아침 식사 자리에서 아버지가 흥분하며 내 이름을 불렀다.

"세라피나, 오늘은 네 호위 기사를 고르는 날이란다! 내가 비장의 후보들을 엄선했으니 기대하렴."

바로 언니와 어머니가 아버지를 날카롭게 노려보았다.

"정예 기사들을 선별한 건 시리우스 님이잖아요."

"조카의 공적을 가로채려 하다니, 말도 안 나오는군요."

하지만 아버지는 과감하게 반박했다.

"무슨 소리야. 그 시리우스가 만든 목록을 최종적으로 승인한 게 나다. 그러니까 내가 결정한 셈이지. 게다가 우연히, 정말로 우연히 시리우스가 만들어 온 100명의 호위 기사 후보가 내가 생각하던 기사들과 일치했을 뿐이다."

""아, 그렇군요.""

명백하게 안 믿는 두 사람을 살짝 불만스럽다는 듯 쳐다본 아버지였으나, 이내 털어버린 듯 나에게 고개를 돌렸다.

"세라피나, 누구를 선택해도 괜찮아. 가장 마음에 드는 기사를 고르렴."

"네, 알겠습니다."

아버지의 말에 어머니와 언니는 무언가 하고 싶은 말이 있다는 듯한 표정을 지었지만, 기뻐하는 내 대답을 들은 뒤에는 '……뭐, 시리우스 님께서 추린 후보들이라면 누굴 선택해도 틀리지 않겠지', '네, 손색없을 거예요'라고 작게 중얼거렸다.

왕족에겐 저마다 전속 호위 기사가 붙는다.

따라서 나에게도 호위 기사를 붙일 필요가 있고, 그건 100명이나 되는 후보자 중에서 직접 선택하는 방식이 되었다.

나는 내 방까지 데리러 와 준 시리우스의 손을 잡고 설레는 마음으로 그를 올려다보았다.

"시리우스, 나 전속 호위 기사가 생겨."

"그래. 널 평생 섬길 기사다. 한 명 한 명 천천히 살펴보고 딱 맞는 사람으로 골라. 네가 누구를 선택하든 넘치지도 모자라지도 않도록 근위 기사단을 편성해줄 테니까."

"근위 기사단?"

"그래. 네 전속 근위 기사단을 만들 거야. 대략적인 인선은 추려놨지만 네가 선택한 호위 기사를 본 뒤에 최종적으로 정하려고. 호위 기사가 누구냐에 따라 전체적인 밸런스를 조정할 필요가 있으니까."

시리우스가 하는 말은 어려워서 이해할 수 없었기 때문에 '우후후' 하고 웃었더니 그가 손을 뻗어 나를 안아 들었다.

갑자기 높아진 눈높이에 놀라서 시리우스를 쳐다봤다.

"시리우스?"

"왕이나 왕비에게 못 들었어? 너무 귀여우면 납치범에게 납치당하니까 조심하라고."

장난기 어린 표정인 시리우스를 보고 웃음이 나왔다.

"후후후. 하지만 나에겐 시리우스가 있으니까 괜찮아."

그렇게 말하며 시리우스의 목에 매달리자 큰 한숨이 돌아왔다.

"그래, 나한테 호위 기사 역할을 할당하다니 대단하군. 이래서야 납치범이 되지 못하잖아."

시리우스와 웃으면서 복도를 나아가자 경비를 위해 배치되어 있는 기사들이 깜짝 놀란 듯 시리우스를 쳐다보았다.

그 모습을 보고 '지난번에도 비슷한 반응이었지. 역시 시리우스처럼 훌륭한 기사는 어린아이를 상대하지 않는 법인 게 아닐까?' 하고 걱정이 되어 최소한의 배려로 진지해 보이는 표정을 지었다.

그러자 시리우스가 '긴장했어? 내가 붙어있으니까 괜찮아'라고 격려해주었다.

선발장에 들어가자 여러 명의 기사가 줄을 지어 등을 곧게 펴고 서 있었다.

그걸 보고 멋있다고 생각하며 시키는 대로 홀 전체를 둘러볼 수 있는 단상에 올라갔다.

그곳에는 몇 명의 문관이 나를 기다리고 있었다. 그들은 '세라피나 님, 호위 기사의 이름을 말씀해주십시오'라고 말했지만 가까이서 보지 않으면 나에게 맞는 기사를 찾을 수 없다.

그런 생각에 단상에서 폴짝 뛰어내려 기사들에게 다가갔다.

뒤에서 문관들의 놀란 목소리와 시리우스의 웃음소리가 들렸지만 나는 기사들에게 인사해야 한다는 생각으로 머리가 가득했다.

따라서 드레스 자락을 잡고 무릎을 굽혔다.

"처음 뵙겠습니다, 제2왕녀 세라피나입니다. 오늘은 제 호위 기사를 고를 겁니다."

기뻐서 들떠있었던 건지 자연스럽게 쿡쿡 웃음이 치밀었다.

나는 기사들을 천천히 둘러보다가 중간에 깜짝 놀라 발을 멈췄다.

한 명, 아주아주 강한 기사가 있었기 때문이다.

"……당신, 굉장히 강하네. 이름이 뭐야?"

갈색 피부에 짙은 파란색 머리카락을 지닌 키가 큰 기사는 고지식한 목소리로 담담하게 대답했다.

"네, 카노푸스 블라제이라고 합니다."

나는 기뻐하며 방긋 웃었다.

"카노푸스, 내 호위 기사가 되어줄래?"

그러자 다들 놀란 듯 굳더니 문관들이 허둥지둥 달려왔다.

"저, 전하, 아닙니다. 전하의 호위 기사는 이 자가 아닙니다. 자, 외우신 이름을 말씀해주십시오."

그러고 보면 사전에 문관 담당자가 이름이 적힌 종이를 건네주었던 걸 떠올렸다.

하지만…….

"아버지께선 마음에 드는 사람을 골라도 된다고 말씀하셨는데."

"그, 그, 그럴지도 모르지만 저희가 알려드린 이름은 **참고**이긴 하나, 지금까지 전하들께선 다들 그 **참고**대로 고르셨습니다. **참고**대로 고르시는 것을 추천드립니다."

"애, 애초에 그자는 낙도민이 아닙니까. 왕녀 전하의 기사가 되기에는 가문의 격이 부족합니다."

문관들은 필사적으로 설득했지만 나는 생긋 웃기만 했다.

문관들이 말하는 '낙도민'이란 물갈퀴가 달린 손을 지닌 남방출신의 소수민족을 말한다.

손에 물갈퀴가 있으면 분명 수영을 아주 잘하겠지. 그렇게 생각하니 그가 더욱 멋있어 보였다.

"조언 고마워. 하지만 나는 카노푸스가 좋아. ……카노푸스, 내 호위 기사가 되어줄래?"

카노푸스는 문관들을 힐끗 쳐다보았으나, 바로 시선을 내린 뒤 내 앞에서 한쪽 무릎을 꿇고 기사의 예를 취했다.

"저, 카노푸스 블라제이는 세라피나 나브 제2왕녀 전하의 기사로서 저의 모든 것을 바치겠습니다. 부디 저의 왕녀 전하께 영광과 축복을."

그렇게 말한 뒤 고개를 숙이고 내 드레스 자락에 입 맞췄다.

나는 기뻐서 시리우스를 돌아보았다.

그러자 시리우스는 훌륭한 검 한 자루를 들고 다가왔다.

"왕족의 호위는 목숨을 걸어야 하는 일이다. 결코 목숨을 아끼지 마라."

그렇게 말하더니 시리우스는 카노푸스에게 검을 내밀었다.

"이 검과 함께 너를 세라피나 제2왕녀 전하의 호위 기사로 임명한다."

이렇게 나는 아주 멋진 기사를 호위 기사로 선정할 수 있게 되었다.

──카노푸스는 선발식 다음 날부터 바로 나를 호위하게 되었다.

그리고 항상 곁에 있으면서 알게 된 건데, 그는 정말로 훌륭한 기사였다.

너무 훌륭해서 내가 아침을 먹으며 졸거나 아무것도 없는 복도에서 넘어질 때도 자기 책임이라는 듯한 표정을 지었다.

하지만 당연히 카노푸스의 잘못이 아니다.

'밤늦게까지 안 자거나 아무것도 없는 곳에서 넘어지는 내 책임이니까 카노푸스는 더 편하게 있어'라고도 말해봤다. 그러나 결과는 달라지지 않았다. 카노푸스는 나에게 문제가 생기면 매번 책임감을 느끼는 모양이었다.

──어느 날 그런 카노푸스가 여러 명의 기사에게 둘러싸여 있는 장면을 목격했다.

카노푸스는 키가 크지만, 마찬가지로 키가 큰 기사 세 명이 그를 에워싸고 있었다.

왕성 뒤쪽, 사람이 거의 지나가지 않는 장소였기 때문에 어쩌면 비밀이야기를 하는 건지도 모른다. 나는 방해되지 않도록 빠르게 떠나려고 했다.

그러나 거친 목소리가 들려서 싸우는 건지도 모른다는 생각에 발을 멈췄다.

"낙도민 주제에!"

"빨리 사퇴하는 게 왕녀 전하를 위한 행동이라고!"

기사들의 말투는 거칠었다. 아무런 반박도 하지 않는 카노푸스가 걱정되어 무심코 끼어들었다.

"저기…… 카노푸스가 뭐 했어?"

세 명의 기사는 거친 표정으로 돌아보았지만 나를 보고는 당황한 듯 무릎을 꿇었다.

"제2왕녀 전하!"

"보기 흉한 모습을 보여드렸습니다!"

벽에 밀쳐져 있던 카노푸스는 세 사람이 물러나자 흐트러져있던 기사복을 다듬으며 숙이고 있던 몸을 똑바로 돌려놓았다.

왜 싸웠던 건지 궁금했지만 카노푸스도 무릎을 꿇은 세 기사도 내 호위로 같이 있던 두 기사도 다들 아무 말도 하지 않았다.

가만히 있는 게 나을지도 모른다는 생각이 들었지만 그래도 조심스럽게 입을 열었다.

"……카노푸스가 무슨 잘못이라도 했어? 그는 훌륭한 기사니까 문제가 일어났다면 그건 내 책임일지도 몰라."

여태까지 겪은 경험에서 나온 말에 세 명의 기사들은 참을 수 없다는 듯 입을 열었다.

"왕녀 전하, 당치도 않습니다! 문제는 당연히 카노푸스에게 있습니다! 왜냐하면 그는 낙도민이니까요."

"본래 왕녀 전하의 호위 기사로는 알드리지 후작가의 사르가스가 내정되어 있었습니다! 그걸 귀족도 아닌 이 자가 나서서는!!"

원망하는 듯한 기사들을 보며 나는 깜짝 놀랐다.

"어? 하지만 카노푸스의 손에는 물갈퀴가 있는걸. 멋지잖아?"

카노푸스의 멋진 점을 알려줘봤지만 세 기사는 얼굴을 찌푸릴 뿐이었다.

그러더니 세 사람은 다시 입을 열었다.

"카노푸스는 왕녀 전하께 충성을 맹세했을지도 모르지만 호위 기사는 호위하는 것만이 일이 아닙니다!"

"그는 호위 기사로서 자격이 없습니다!"

"확실하게 호위가 아닌 부분에서 왕녀 전하께 폐를 끼칠 겁니다!"

세 사람의 태도가 너무 자신만만했기 때문에 나는 놀라서 되물었다.

"어? 그런 거야?"

평소에는 내가 폐를 끼치는 쪽이었는데 카노푸스가 나에게 폐를 끼친다니 참신하네.

대체 어떤 폐를 끼치는 건지 궁금해하며 나는 카노푸스를 머리부터 발끝까지 찬찬히 뜯어보았다.

……혹시 카노푸스는 아주아주 많이 먹는 타입이라서 왕성의 식량 비축이 바닥날 우려가 있는 건가?

아니면 특수한 잠자리가 아니면 잠을 자지 못한다거나…….

"앗!"

세 사람의 말 뜻을 이해한 것 같아 나도 모르게 탄성이 나왔다.

그러자 카노푸스는 입술을 꾹 다물고는 내 말을 기다렸다.

"……혹시 카노푸스는 물속이 아니면 잠을 못 자는 거야? 그런 거라면 확실히 큰일이네! 으으음, 내 욕조를 빌려줄 수도 있지만 분명 카노푸스에게는 작겠지. 기사단 기숙사에 대욕조가 있다면 잘 때 쓰게 해달라고 할까?"

안절부절못하며 말을 이어가자 카노푸스는 눈썹을 찡그리며 나를 내려다보았다.

"……죄송하지만 반박해도 괜찮겠습니까. 저는 잠자리를 가리지 않는 편으로 야외든 나무 위든 잘 수 있지만 물속에서는 잠을 잘 수 없습니다."

"어? 그럼 역시 성의 식량을 바닥낼 정도로 많이 먹는 거야?"

"아뇨, 남들만큼은 먹지만 그렇게까지 대식가는 아니고 식욕을 참을 수도 있습니다."

"……그럼 어떻게 폐를 끼치는 거야?"

그것 말고는 떠오르는 게 없었기에 난감하며 그를 올려다보자 카노푸스는 씁쓸한 표정으로 입을 열었다.

"세 왕자 전하나 제1왕녀 전하의 호위 기사는 신원이 확실한 귀족 자제가 맡고 있습니다. 한편 저는 낙도민입니다. 제 출신을 이유로 세라피나 님을 멸시하는 자가 있을지도 모릅니다."

세 명의 기사에게 시선을 옮기자 그 말이 맞다는 양 고개를 크게 끄덕였다.

"원래 내륙에서 살던 저의와 낙도민은 대우가 다릅니다!"

"갈색 피부에 물갈퀴 손을 지닌 저 일족은 기분 나쁘다며 차별받고 있죠!"

"그런 일족인 카노푸스를 호위 기사로 삼으시면 제2왕녀 전하의 가치가 내려갑니다!"

나는 카노푸스와 세 명의 기사를 순서대로 쳐다본 뒤 검지를 입술에 댔다.

"……이건 비밀인데, 나는 계속 눈이 안 보였어. 그래서 별궁에서 살았지."

카노푸스를 포함한 전원이 놀라서 눈을 부릅떴다.

"많은 사람이 나를 불쌍하다고 했지만 나는 조금도 불쌍하지 않았어. 나는 어린아이 정령과 계약했는걸. 그리고 눈이 보이지 않았기 때문에 그 정령과 계약할 수 있었지. 그러니까 다들 불쌍하다고 했던 맹인 상태를 나는 축복이라고 생각해."

"""……."""

조금도 예상치 못한 이야기였던 건지 다들 놀란 모습으로 말없이 내 이야기를 들었다.

그래서 나는 전원을 둘러보며 질문했다.

"그게 '좋은 것'인지 '나쁜 것'인지는 누가 정하는 거야?"

"""……."""

대답이 없었기에 이번에는 카노푸스에게 시선을 주었다.

"카노푸스는 낙도민이라는 걸 자랑스럽게 여기는 것처럼 보였는데."

"제가 어떻게 생각하는가가 아니라 다른 사람이 저를 어떻게 보는가의 문제인지라……."

카노푸스가 힘없이 반론했기에 나는 그를 향해 걸어갔다.

그러자 카노푸스 앞에서 무릎을 꿇고 있던 세 명의 기사가 허둥지둥 길을 비켜주었다.

나는 기사들에게 작은 목소리로 인사한 뒤 놀란 카노푸스의 손을 잡았다.

"내 눈엔 당신의 손에 달린 물갈퀴가 멋있어. 그걸로는 안 돼?"

카노푸스의 손을 보고 역시 물갈퀴가 있다니 멋있다며 후후후 웃음을 흘렸다.

그러자 카노푸스가 괴로운 듯 눈썹을 찡그렸다.

그러고는 한쪽 무릎을 꿇고는 나를 똑바로 바라보았다.

"……제 주인은 세라피나 님입니다. 다른 누구보다도 세라피나 님의 말씀이 가장 우선시되는 사항이며 제 마음에 와 닿습니다. ……정말로 죄송합니다. 낙도민이 구별되는 이유에 멸시당해야 하는 근거는 없으니 가슴을 펴야 한다고 생각하면서도 차별받는 일이 거듭되면 고개를 숙이고 침묵하는 습관이 들었습니다. 그 탓에 세라피나 님께서 이런 말씀까지 하게 만들다니……."

카노푸스는 마치 통증이라도 느끼는 것처럼 얼굴을 찌푸렸다.

"어리석은 제 몸을 찢어버리고 싶지만, ……그러한 짓을 하여도 세라피나 님께서 기뻐하지 않으신다는 건 이해하고 있습니다. 왕가에서 철저히 숨겨왔던 비밀을 말씀하면서까지 저를 위해주신 마음을 저버릴 만큼 어리석은 자가 되지는 않으려고 합니다."

카노푸스의 말은 너무 어려워서 잘 이해할 수 없었기 때문에 하다못해 생각하는 척이라도 하려고 심각한 표정을 짓고 있었더니 그가 머리를 깊이 숙였다.

"……감사합니다. 세라피나 님의 사려 깊은 말씀 덕분에 저는 앞으로 누가 무슨 말을 하든 제 출신을 자랑스럽게 생각할 수 있게 되었습니다."

카노푸스가 다시 고개를 들자, 그 표정은 조금 전과는 다르게 후련해진 듯한, 개운해진 얼굴로 바뀌어 있었다.

그래서 나는 후후후 웃음을 흘렸다.

"잘 됐다! 카노푸스, 계속 내 호위 기사로 있어 줘."

"네, 진심을 다해 섬기겠습니다."

그렇게 말해주는 카노푸스에게 나는 진심으로 기쁨을 느꼈다.

카노푸스가 일어나 여전히 무릎을 꿇고 있는 세 명의 기사를 향해 입을 열었다.

"들은 대로다. 세라피나 님께서 이러한 비밀마저 고백하신⋯⋯ 그런 상황을 만든 것을 부끄러워하도록. 나도 평생 부끄러워할 거다."

세 사람은 말없이 고개를 끄덕였다.

카노푸스가 말을 이었다.

"세라피나 님께 지엄한 말씀을 받았으니 나는 내 출신을 부끄러워하지 않기로 했다. 앞으로는 너희가 다시 유사한 이유로 트집을 잡는다면 나는 반드시 반론하겠다."

세 명의 기사가 일어나더니 각자 카노푸스에게 한 손을 내밀었다.

"⋯⋯아니, 다시는 네게 시비 걸지 않겠어. 왕녀 전하의 말씀을 듣고 눈을 떴다. 그래, 호위 기사로 선택받은 건 너였지. 괜한 질투를 품어서 미안해."

"내 미숙함으로 인해 주군인 왕녀 전하께서 숨겨야 하는 비밀을 고백하게 만든 것을 진심으로 후회해. 다시는 반복하지 않겠다고 네게도 맹세하마."

"카노푸스, 어려울 테지만 지난 일은 없었던 일로 해줘. 그리고 앞으로는 우리도 무엇이든 힘이 될게."

카노푸스와 단단히 악수를 나눈 세 사람의 기사를 보고 역시 기사는 멋지다며 마음속으로 웃고 있었더니 세 사람은 나를 향해 몸을 돌리고 깊이 머리를 숙였다.

""""왕녀 전하, 무례를 저지른 것을 진심으로 사죄드립니다!! 이 일은 부총장님께 고백하고 처벌을 기다리겠습니다.""""

"어? 시리우스에게?!"

그때 나는 몰랐지만, 어느새 시리우스는 내 후견인으로 간주되고 있었다고 한다.

그래서 기사들은 시리우스에게 판단을 구하려고 했는데…….

"어어, 시리우스는 바쁘니까 나 때문에 이 이상 시간을 내지 않았으면 해. 그러니까 날 위한다면 시리우스에게는 말하지 마. 대신…… 그래, 조금 전에 이야기한 비밀은 아버지와 어머니와 시리우스밖에 모르니까 다른 데서 말하지 않아주면 고맙겠는데."

시리우스는 나를 조금 과보호하는 느낌이 든다.

그래서 이 세 사람이 시리우스에게 내 비밀을 들었다고 고백하면 세 사람은 아주아주 크게 혼날 것 같다. 그건 불쌍하다.

그렇게 생각하며 타협안을 제시하자 세 명의 기사는 감격한 표정을 지었다.

"그, 그렇게까지 중대한 비밀이었을 줄이야……! 심지어 시리우스 부총장님에게서도 감싸주시다니, 감사하기 그지없습니다."

"오늘 들은 비밀은 절대 발설하지 않겠습니다!"

"맹세합니다!!"

한편 카노푸스는 후회한다는 듯 얼굴을 일그러트렸다.

"……세라피나 님, ……주군께 이렇게까지 도움을 받는 호위 기사라니 참으로 수치스럽습니다만…… 앞으로는 이 실책을 만회하도록 성심성의껏, 목숨을 걸고 모시겠습니다."

네 사람 모두 말하는 게 호들갑스러웠지만 원만하게 해결되었다면 좋은 일인 거라며 스스로를 타일렀다.

그 후 앞으로는 카노푸스 주변을 의식해서 그가 내 호위 기사가 되었다는 이유로 아무와도 싸우지 않도록 조심해야겠다고 다짐했다.

그랬는데…….

◇ ◇ ◇

어째서인지 다음 날 카노푸스는 웨젠 기사단 총장과 검을 맞대고 있었다.

"……어, 어라?"

진지한 표정인 두 사람을 앞에 두고 어째서 이런 상황이 된 건지 기억을 되감았다.

──그래, 조금 전 복도에서 우연히 시리우스를 만난 게 발단인 건 틀림없는데…….

"시리우스!"

고작 몇 분 전, 복도를 걷던 도중 반대쪽에서 시리우스가 걸어오는 게 보였기에 나는 기뻐하며 소리쳤다.

그러자 시리우스는 그대로 걸어오더니 나를 가볍게 안아 들었다.

"흐억?!"

놀라서 눈을 동그랗게 뜬 사이에 시리우스는 '만나게 해주고 싶은 사람이 있어'라는 말만 하고는 몸을 돌려 왔던 길을 다시 걷기 시작했다.

덕분에 성큼성큼 커다란 보폭으로 걷는 시리우스의 품속에서 나는 무슨 일이 일어난 건지 이해하지 못한 채 눈을 연신 깜빡였다.

……어, 어라? 나 시리우스의 이름을 부른 것뿐이지?

시리우스는 항상 바쁘니까 나와 붙어있을 시간은 없을 테고, 오늘은 나도 우연히 용건이 있긴 하지만.

"저기, 시리우스. 나 지금부터."

"도서실로 책을 빌리러 갈 거지? 사서에게는 방문 시간이 늦어진다고 연락해두마."

시리우스는 선뜻 그렇게 말하고는 그의 곁에 있던 기사 중 한 명에게 시선을 던졌다.

고작 그것만으로도 그 기사는 '알겠습니다!' 하고 대답하더니 도서실로 달려갔다.

그 모습을 보며 내 용건은 시리우스가 간단히 해결해버린다며 눈을 동그랗게 떴다.

"저기, 시리우스. 어째서 내가 도서실에 가는 걸 알고 있었어?

아, 혹시 내 스케줄을 전부 기억하는 거야? 시리우스는 머리가 좋구나!"

감탄하며 말하자 시리우스는 웃기다는 듯 입술을 누그러트렸다.

"내가 머리가 좋다고? 그런 말을 들은 건 성인이 된 뒤로 처음이군. 그래, 나는 머리가 좋았구나."

그건 시리우스쯤 되는 사람에게 대놓고 '머리가 좋다'는 거만한 말을 할 수 없다는 뜻이었지만, 잘 이해하지 못했던 나는 즐거워하며 웃었다.

"우후후후후, 시리우스가 여태까지 눈치채지 못했던 걸 내가 눈치챘어! 응, 시리우스는 머리가 아주 좋아."

"칭찬해주셔서 영광입니다, 왕녀님."

그런 식으로 화기애애하게 웃고 있었는데 시리우스가 데려간 곳은 갑옷과 검이 잔뜩 놓여있는 엄숙한 공간이었다.

아마도 기사들의 훈련장인 모양이다.

시리우스의 품에서 바닥으로 내려온 나는 그의 손을 잡은 채 조심조심 주변을 둘러보았다.

그러자 훈련장 가운데에서 팔짱을 낀 덩치 큰 남성과 눈이 마주쳤다.

그는 나를 보더니 용맹하게 씩 웃었다.

"처음 뵙겠습니다, 왕국 각수 기사단의 총장을 맡고 있는 웨젠 발트입니다."

웨젠 총장은 웃고 있을 뿐이었지만 그 고요한 자세 속에서 용솟음치는 돌풍 같은 에너지를 느낀 나는 무심코 시리우스의 손을 세게 붙잡았다.

그러고는 쭈뼛쭈뼛 자기소개를 했다.

"처음 뵙습니다, 세라피나 나브입니다."

내 행동을 지켜보던 웨젠 총장은 의외라는 듯 한쪽 눈썹을 들었다.

그러고는 떨고 있는 나를 걱정하여 다시 안아 든 시리우스를 보고 자신이 본 게 믿어지지 않는다는 양, 미간을 찡그렸다.

"……시리우스, 정말 너 맞아?! 너는 기사만 눈에 들어오는 병에 걸린 줄 알았는데 세라피나 전하는 제대로 보이는구나. 심지어 계속 안고 있다니! 훈련장에 들어올 때도 안고 있었고, 간신히 내려놨다 했더니 나에게 인사하는 동안에만 내려놨을 뿐 바로 다시 안아 들질 않나. 혹시 왕녀님은 다리가 불편하셔?"

"세라피나는 건강합니다. 단 6살이라는 나이답게 몸집이 작으니 제가 안아 들고 가는 게 빠르다고 판단해서 여기까지 안고 왔을 뿐입니다. 아무튼, 고귀한 왕녀 전하니까요."

시리우스의 말을 들은 웨젠 총장은 시니컬하게 입술을 일그러트렸다.

"핫, 농담은! 너는 왕자 전하든 왕녀 전하든 필요하다면 달리게 하잖아! 왕자 전하들이 네 불호령에 숨이 넘어갈 듯 헉헉거리며 달리는 모습을 몇 번이나 봤다고! 샤울라 전하에게도 마찬가지고."

"…………"

시리우스는 침묵한 채 무표정으로 총장을 바라보는 것으로 대신 대답했다.

그것은 등에 소름이 쫙 돋을 만큼 박력이 넘쳤으나 총장은 전혀 아랑곳하지 않는 듯 말을 이었다.

"게다가 너는 지금 멈춰 있잖아! 이 이상은 이동할 일도 없으니까 안고 있을 필요도 없지. 왜 왕녀 전하를 바닥에 내려놓지 않는 건데?"

"여기는 훈련장입니다. 어떠한 위험이 있을지 알 수 없기에 세라피나를 지키기 위해 적절한 태세를 갖추고 있는 겁니다."

"시리우스, 너 정말로 어떻게 된 거냐? 남을 잘 돌봐주는 타입도 아니고, 그런 시간도 없을 텐데! ……아니, 알았으니까 노려보지 마! 그래, 여기는 훈련장이니까 위험 요소가 넘쳐나지. 너 같은 기사단 최고의 검사가 안아 들고 있어야만 할 정도로 굉장한 위험이!"

총장은 뒤로 가서 비아냥 섞인 어조로 말한 다음 우리 뒤에 있던 카노푸스에게 고개를 돌렸다.

"네가 세라피나 전하의 호위 기사구나! 검을 들어라. 대련해 주마."

그러더니 총장은 카노푸스의 대답도 기다리지 않고 허리에 찬 검을 스윽 뽑았다.

카노푸스도 검을 들자 시리우스는 나를 안은 채 안전한 장소로 이동했다.

"어? 진검 써도 돼? 위험하지 않아?"

"위험하기는 하지만 이렇게 하지 않으면 진정한 실력은 가늠할 수 없어."

담담하게 단언하는 시리우스를 보며 그들이 기사임을 실감했다.

하지만 진검으로 승부하다니, 다칠지도 모르는데.

걱정된 나머지 손을 꽉 움켜쥐고 있었더니 시리우스가 내 얼굴을 들여다보았다.

"기사끼리 싸우는 장면은 네겐 고통스러울지도 몰라. 보고 싶지 않다면 내 어깨에 얼굴을 묻으면 돼. 정보를 추가하자면 웨젠 총장은 일류 검사지. 제대로 힘조절을 할 수 있으니 네 호위 기사가 가치는 일은 없을 거다."

시리우스의 배려는 고마웠지만 카노푸스는 내 호위 기사다.

그렇기에 웨젠 총장과 싸우게 된 것이니, 그런 두 사람의 싸움에서 눈을 돌리면 안 된다.

두 사람에게 시선을 고정하자 시리우스의 신호와 함께 시합이 시작되었다.

개시와 동시에 카노푸스가 웨젠 총장을 향해 정면으로 돌진했다.

그리고 깡 하는 요란한 소리와 함께 두 사람의 검이 부딪쳤다.

이합, 삼합, 검이 맞부딪칠수록 총장의 표정이 진지하게 변해 갔다.

나를 품에 안은 시리우스가 감탄한 듯 고개를 끄덕이는 모습이 시야 가장자리에 비쳤다.

"……이거 생각보다……."

시리우스가 중얼거리는 목소리가 들린 것과 동시에 웨젠 총장의 즐거워하는 목소리도 들렸다.

"하하, 제법 좋은 솜씨야!"

공격하는 건 카노푸스 뿐, 웨젠 총장은 방어만 하고 있었으나 두 자루의 검이 부딪치는 소리가 계속해서 울리자 나는 시리우스의 목에 꽉 매달렸다.

둘 다 다치지 말라고 마음속으로 기도하면서.

그로부터 10합 정도 충돌한 후 처음으로 웨젠 총장이 검을 휘둘렀다.

그리고 쨍 하는 높은 소리와 함께 카노푸스의 검이 튕겨 나갔다.

목에 들이닥친 총장의 검을 보고 카노푸스가 냉정한 목소리로 말했다.

"……졌습니다."

총장은 한 박자 쉰 뒤 다시 검을 검집에 돌려놓았다.

그러고는 커다란 주먹으로 카노푸스의 어깨를 쿵 두드렸다.

"카노푸스라고 했나? 실력이 꽤 좋은데! 그 실력으로 제2왕녀 전하를 지켜드리도록."

웨젠 총장은 그렇게 말한 뒤 한 걸음 뒤로 물러나 눈을 가늘게 뜨고 카노푸스의 몸 전체를 훑어보았다.

"……기사단 내에 너만 한 기사가 있었을 줄이야. 하하, 회합에만 출석하지 말고 가끔은 훈련장에도 나올 걸 그랬어."

그 후 총장은 카노푸스에게 등을 돌리고 이쪽을 향해 걸어왔다.

"세라피나 전하, 전하의 기사를 꺾어버렸습니다. 대단히 죄송합니다."

웨젠 총장은 조금도 미안하지 않은 표정으로 그렇게 말했다.

오히려 득의양양하다고 해도 될 법한 총장의 표정을 보고 나는 눈을 동그랗게 떴다.

"와, 웨젠 총장은 시리우스의 두 배 정도 어른인데 시리우스랑 비슷하게 어린애구나."

나도 모르게 그렇게 말하자 시리우스는 뜻밖이라는 양 눈썹을 찡그렸다.

"세라피나, 나는 이미 성인이야! 그런 나를 어린애라고 말하는 사람은 여태까지 한 명도 없었어."

웨젠 총장은 시리우스의 불만 어린 표정을 보고 환하게 웃었다.

"하하하하하, 시리우스를 애송이 취급하는 사람이 있을 줄이야! 그것도 이렇게 어린 왕녀님이! 시리우스, 드디어 너를 한 명의 인간으로서 봐주는 사람이 나타난 모양이다!"

시리우스는 경사 났다면서 크게 웃는 웨젠 총장을 못마땅한 표정으로 쳐다봤다.

"세라피나가 뛰어난 사람이라는 건 맞습니다만, 저는 옛날부터 괴물 취급받은 건 아닙니다."

총장은 즐겁다는 듯 씩 웃었다.

"그래? 마물을 토벌하러 갈 때 네가 같이 가기만 해도 부대의 기사 수가 평소의 절반 이하로 편성된다는 걸 달리 어떻게 생각하면 될까? 괴물 취급이라고 생각하는 게 가장 적절하다고 보는데. 그리고 나는 틀림없이 너를 괴물로 대해."

그렇게 말한 뒤 웨젠 총장은 시리우스에게 안겨있는 나를 정면으로 바라보았다.

그러고는 내 눈동자 색을 알아차린 순간 눈을 부릅떴다.

"오호라, 금색 눈동자군요! 제 입으로 말하기는 조금 그렇지만, 저는 얼핏 호호 할아버지라는 인상이라서 어린아이들에게 늘 인기였습니다만, ……그런 제 표면에 속지 않고 본질을 제대로 보고 두려워하시는 걸 보면 정말로 좋은 눈을 지니셨습니다."

총장의 호의적인 말을 듣고 나는 안도하며 가슴을 쓸어내렸다.

……다행이다. 조금 전 웨젠 총장의 박력에 위축된 내 행동에 기분이 상하지 않은 모양이다.

"그래, 금색 눈은 '정령왕의 축복'이라고 해."

내 대답을 들은 총장은 그게 아니라는 듯 고개를 저었다.

"얼마나 좋은 것을 갖고 있다 한들 사용법에 따라서는 불량품도 될 수 있다고 봅니다. 왕녀님은 금색 눈동자를 받았지만, 그걸 올바르게 사용하고 있는 건 왕녀님 본인의 힘이죠."

"역시 웨젠 총장님. 가끔은 좋은 말씀을 하시는군요."

노골적으로 감탄했다는 목소리를 낸 시리우스를 향해 총장이 씩 웃었다.

"내가 하는 말은 언제나 좋은 말이야. 게다가 나도 너도 놓쳤던, 카노푸스 같은 숨어있는 실력자를 발굴해내는 혜안을 지녔지. 인정하지 않는 건 자신이 얼간이라는 걸 만천하에 공표하는 셈이다."

웨젠 총장은 그렇게 말한 후 시원스러운 미소를 지었다.

"그렇게 된 겁니다. 왕녀님, 죄송합니다! 카노푸스는 얼굴이 곱게 생겨서 저 혼자 멋대로 걱정하고 있었습니다. 어쩌면 왕녀님은 녀석의 얼굴만 보고 장식품을 고르는 감각으로 호위 기사를 정하신 게 아닌지. 그런 거라면 제가 녀석을 단련시켜줘야 한다고 생각했는데 이것 참, 카노푸스는 제가 생각했던 것보다 몇 배는 더 뛰어난 기사였습니다."

"어머."

카노푸스가 인정받아서 기쁜 나는 우후후 소리 내어 웃었다.

그러자 웨젠 총장은 당황한 듯 눈을 깜빡였다.

그러고는 시리우스에게 고개를 돌렸다.

"잠깐, 시리우스! 이건 너무 심하잖아. 축복의 증거인 금색 눈동자만 지닌 게 아니라 천사 같은 미소도 지니셨어! 너 이거 상대가 안 좋은데."

그러자 시리우스는 고개를 끄덕이며 정보를 추가했다.

"참고로 세라피나는 제가 여태까지 본 적이 없을 만큼 우수한 성녀입니다."

"뭐?! 네가 본 적이 없다니……. 너처럼 상위 마물을 줄줄이 쓰러트릴 수 있는 기사는 또 없잖아. 즉, 너와 협업하는 성녀는 우리나라에서도 손에 꼽히게 뛰어난 사람들뿐이지. 그런 그녀들보다 훨씬 우위라고 단언할 수 있는 건가?"

"네."

시리우스의 대답을 들은 웨젠 총장은 침을 꿀꺽 삼켰다.

"……확실히 놀라울 정도로 붉은 머리카락이지만……. 이 어린 나이에 왕국 최강의 성녀라면…… 세라피나 전하는 너보다 더한 괴물이잖아."

"그래서 말씀드렸잖습니까. 세라피나가 보면 저는 괴물이 아니라 평범하고 흔한 기사입니다."

"……네가 너 자신을 평범한 기사라고 표현하는 날이 온다면 그야말로 천재지변의 징조 같은 거라고 전부터 생각했는데 말이지."

총장은 무거운 목소리로 그렇게 말한 뒤 이마를 짚었다.

"너는 여태까지 한 번도 과장하는 일이 없었지. 이번에도 그렇다고 친다면 왕녀님은 너밖에 감당하지 못할 거다. 아, 이건 네가 상황을 바꿀 수 있겠지."

그러고는 총장은 비틀비틀 입구로 향했다.

"시리우스, 나는 오한이 드는구나. 틀림없이 중병에 걸린 징조니까 오늘은 돌아가서 잔다. 뒷일은 맡기마!"

웨젠 총장은 처음에는 비틀거리면서 걸었는데, 말하던 도중에 힘차게 달리기 시작하더니 순식간에 사라졌다.

"어?"

나는 시리우스와 카노푸스만 남은 넓은 훈련장에서 깜짝 놀라 눈을 깜빡였다.

"어어, 시리우스?"

"웨젠 총장이 훌륭한 기사라는 건 틀림없지만, ……가끔 도망치는 습관이 있어서 말이다. 평소 그는 서류 업무를 하지 않고 전부 나한테 떠넘기는데 내가 너를 별궁까지 데리러 간 사이에는 어쩔 수 없이 본인이 처리한 모양이야. 그 스트레스가 쌓인 거겠지."

"와, ……그렇구나."

나는 그 말 말고는 아무 말도 하지 못한 채 총장이 나간 문을 바라보았다.

……웨젠 총장이 서류 업무를 봐야만 했던 건 간접적으로 내가 원인이다.

그러니 부디 오늘만이라도 총장이 푹 쉴 수 있기를.

그렇게 마음속으로 기도하는 사이에 시리우스는 카노푸스에게 다가가더니 그의 어깨를 가볍게 두드렸다.

"카노푸스, 너는 좋은 검사다. 앞으로도 세라피나의 방패로서 그녀를 지키도록."

그건 잘못 들을 여지가 없는 칭찬의 말이었다.

그걸 이해한 카노푸스의 눈동자에 희색이 번졌다.

……시리우스는 모든 기사가 동경하는 훌륭한 기사다.

그 시리우스에게서 인정받았으니 자랑스러워하는 것도 이해가 간다.

카노푸스가 기뻐하는 모습을 보고 기뻐진 나는 신이 나서 외쳤다.

"시리우스에게 인정받다니 대단해! 후후후, 역시 내 호위 기사는 훌륭한 기사야! 카노푸스, 계속 내 호위 기사 해줘."

웃으면서 말하자 카노푸스는 힘차게 고개를 끄덕였다.

"성심성의껏, 목숨을 걸고 모시겠습니다."

그건 어제 카노푸스가 나에게 맹세했던 것과 똑같은 말이었다.

……어머나, 이렇게나 무서운 말을 두 번이나 들었네.

그 사실을 깨달은 나는 정말 성실하고 근사한 호위 기사를 손에 넣었다면서 진심으로 기뻐했다.

【SIDE 시리우스】 껍질을 까지 않은 땅콩의 비=

　기사단 부총장이 되면 서류 업무가 제법 늘어난다.

　더불어 웨젠 총장이 서류 업무를 일절 하지 않기 때문에 그렇지 않아도 많은 업무량이 2인분이 되었다.

　게다가 낮에는 이래저래 바빠서 서류를 볼 시간이 없다.

　그 결과 매일 방으로 서류를 가지고 돌아와 밤에 처리하는 게 습관이 되었다.

　습관이라면 서류를 보는 사이에 땅콩을 집어먹는 것도 그렇다.

　테이블 위에 놓여있는 크리스털 용기는 뚜껑을 열면 껍질을 까지 않은 땅콩이 가득 담겨있다.

　그 땅콩은 딱딱한 껍질로 덮여있지만, 열매가 잘 익으면 껍질에 균열이 가기 때문에 조금만 힘을 줘도 쉽게 벗길 수 있다.

　따라서 서류를 보며 손을 뻗어 껍질을 깐 땅콩을 입에 넣고 서류에 사인한다는 게 패턴이 되어 있었다.

　그날 밤도 그런 식으로 일하던 도중 손님이 나타났다.

　밤도 깊은 시간대다. 내 방에 불쑥 찾아올 손님은 한 명밖에 없다.

　노크하는 소리를 듣고 바로 자리에서 일어난 뒤 나는 직접 문을 열었다.

그러자 예상했던 대로 카노푸스를 대동한 세라피나가 문 앞에 서서 반짝반짝 빛나는 눈으로 나를 올려다보았다.

"시리우스, 들어봐! 나 천재인지도 몰라!"

실제로 세라피나는 천재지만, 그녀가 스스로 '천재'라고 칭할 때는 절대 천재적인 무언가를 해냈을 때가 아니었다.

얼마 전 그녀는 여태까지 아무도 구축하지 못했던 새로운 마법 식을 완성했으나 그게 얼마나 대단한 일인지는 눈치채지 못한 건지 한 번도 자화자찬하지 않았다.

한편 자수를 놓은 장미가 진짜처럼 보인다거나, 발끝으로 서서 겅중거릴 수 있게 되었다는 둥 10명이 있으면 5명은 가능할 법한 일을 해냈을 때 스스로를 '천재'라고 칭했다.

그런 점은 오랫동안 숲에서 살았던 폐해일 것이다.

아무튼, 오늘의 '천재'는 어떤 이유일까…….

그렇게 생각하며 나는 얌전한 표정을 만들어냈다.

그런 나에게 세라피나는 득의양양하게 접시 하나를 내밀었다.

"시리우스, 나 소스로 글씨를 쓸 수 있어!"

말없이 그녀가 내민 것을 보니 따끈한 채소에 흐물흐물 녹은 치 즈를 올리고 소스를 뿌려놓은, 단순하지만 소화에 좋은 요리가 접시에 담겨있었다.

얼굴을 들이밀고 살펴보자 확실히 글자 같은 게 보였다.

아주 읽기 힘들었지만, 눈에 힘을 줘서 최대한 추측해가며 읽 은 결과 판명된 내용은…… '일하느라 수고했어'였다.

나는 가슴이 따뜻해지는 걸 느끼며 세라피나에게 인사했다.

"일부러 이걸 보여주기 위해 이런 늦은 밤에 내 방까지 온 거야?"

왕성에 방이 있다고는 하나 내 방은 세라피나의 방과 층이 다르다.

어린아이의 다리로는 어른보다 몇 배는 더 멀다고 느꼈을 것이다.

애초에 내가 밤에 서류 업무를 보는 건 능력으로나 체력으로나 무엇 하나 문제가 없기 때문이라, 그걸 신경 쓰는 사람은 한 명도 없었는데…….

하지만 내 질문에 세라피나는 티끌 하나 없는 미소를 지으며 대답했다.

"맞아! 시리우스는 매일 늦게까지 일하니까 야식을 가져왔어."

"이건 날 위한 요리야?"

세라피나의 마음이 기뻐서 웃음을 머금고 그녀에게서 접시를 받았다.

──공작이자 왕의 조카이자 기사단 부총장이라는, 막대한 이권과 엮여 있는 나에게는 매일 다양한 선물이 온다.

하지만 세라피나의 선물만큼 기뻤던 건 한 번도 받은 적이 없었다.

늦은 시각이긴 했으나 그대로 그녀를 돌려보내는 건 너무 매정한 것 같아 방 안에 들였다.

그러자 세라피나는 소파에 앉아 흥미롭다는 듯 땅콩이 들어있는 용기를 쳐다보았다.

"그건 내 야식이다. 씹는 맛이 커서 야간 작업의 친구로는 최적이지."

그렇게 설명하자 세라피나는 반짝반짝 빛나는 눈빛을 보냈다.

"시리우스, 나도 먹어도 돼?"

"……늦은 시각이니까 하나만 먹어. 겉에 껍질이 있으니 두 손으로 벗겨서 안에 있는 땅콩만 꺼내먹으면 돼."

그렇게 알려주자 세라피나는 두 손을 써서 바로 껍질을 벗기려 했다.

하지만 힘이 부족한 건지 아무래도 잘 벗겨지지 않는 모양이었다.

부들부들 떨리는 두 손과 진지한 표정을 보고 직접 벗기는 건 무리라고 판단했다.

"세라피나, 이리 줘. 내가 벗겨줄……."

하던 말이 중간에 끊어졌다.

왜냐하면 세라피나는 땅콩을 껍질째로 입에 넣고는 이를 써서 억지로 깨려고 했는데—— 부자연스러울 정도로 딱 하는 소리가 들렸기 때문이다.

놀란 나는 세라피나 앞으로 한쪽 손을 내밀었다.

"세라피나, 입 안에 있는 걸 전부 뱉어!"

그때의 나는 혹시 땅콩에 돌이라도 섞여 있었던 건지도 모른다고 걱정했다.

여태까지 그런 일이 일어난 적은 없었지만 방금 들은 소리는 도저히 땅콩 껍질에서 날 법한 소리가 아니었기 때문이다.

그렇게 세라피나가 내 손바닥 위에 뱉은 것을 보고…… 나는 말문이 막힌 채 눈을 부릅떴다.

성인이 된 뒤로 처음으로 손이 떨렸다.

……설마 내가 세라피나를 다치게 한 건가? 아아, 땅콩을 권하는 게 아니었어!!

손바닥 위에는 세라피나의 작은 이빨이 있었다. 그것도 두 개.

아마도 정령처럼 힘이 약한 그녀의 이는 고작 이 정도의 딱딱함을 견디지 못한 것이다.

"성녀를 불러!! 의사도!! 자고 있다면 깨워서 데려와!!"

소파에서 벌떡 일어나 한밤중에 내리는 명령으로는 전혀 적절하지 않은 소릴 하는 나를 보고 카노푸스가 눈을 부릅떴다.

하지만 나는 더없이 진지하고 기절해버릴 정도로 속이 안 좋았다.

"……시리우스?"

세라피나는 나를 안심시키듯이 씩 웃었지만, 아래쪽 앞니 두 개가 나란히 부러져서 구멍이 뻥 뚫려있었다.

그리고 이가 있던 장소에는 피가 묻어있다.

……아아, 이 무슨. 앞니가 두 개나 부러졌잖아. 성녀는 빠진 이도 낫게 할 수 있던가?

나는 세라피나를 안아 들고 괜찮다고 달래기 위해 힘을 담아 등을 쓰다듬었다.

그러자 품에 안길 때의 습관으로 세라피나는 즐겁다는 듯 우후후후 웃었다.

……아아, 나는 이렇게 귀여운 아이를 다치게 한 건가.

내 전 재산을 날린다고 해도 반드시 세라피나의 이를 낫게 하겠어!

그렇게 마음속으로 결의하던 차에 성녀와 의사를 부르라고 시킨 카노푸스가 문 앞에 가만히 서 있는 걸 알아차렸다.

"카노푸스, 왜 성녀와 의사를 부르러 가지 않는 거지?! 한시가 급하다고!!"

카노푸스는 내 격양된 목소리에 겁을 먹지도 않고 신중한 표정으로 다가왔다.

"시리우스 부총장님, 그 전에 세라피나 님께 질문을 하나 해도 괜찮겠습니까?"

전혀 괜찮지 않았지만 내가 대답하기 전에 세라피나가 대답했다.

"뭔데? 카노푸스."

"빠져버린 두 개의 앞니는 전부터 흔들린다거나 하지 않았습니까?"

카노푸스의 질문에 세라피나는 '맞아!' 하고 바로 동의했다.

"며칠 전부터 계속 흔들흔들해서 밥 먹을 때 아팠어."

그러자 카노푸스는 무언가를 이해했다는 듯 '그렇군요'라면서 나를 쳐다봤다.

세라피나의 말을 듣고 내가 무언가를 이해했다고 생각하는 모양이었지만 아쉽게도 아무것도 떠오르는 게 없었다.

따라서 짜증을 내며 카노푸스에게 명령했다.

"카노푸스, 빨리 결론을 말해!"

"……아마 젖니가 빠지는 시기일 겁니다. 어린아이는 이 정도쯤 되는 나이부터 조금씩 빠지고 어른의 이가 자라죠. 세라피나님의 이가 빠진 장소를 잘 보시면 어른 이가 나와 있지 않을까요."

놀라서 세라피나를 쳐다보자 똑똑한 왕녀는 알아서 입을 아앙 벌렸다.

"……아! 정말로 작은 이가 조금 보여!"

두 개의 이가 빠진 공간에서 작은 이가 살짝 고개를 내밀고 있었다.

카노푸스가 말을 이었다.

"서덜랜드에서는 주민 모두가 어린아이를 돌봅니다. 항상 어딘가의 아이가 영구치가 나는 시기를 맞아서 이가 빠졌다며 시끌시끌하죠. 제가 깨달은 건 그 덕분일 겁니다."

아무래도 카노푸스는 여태까지 어린아이에게 관심을 가진 적이 없어서 젖니와 영구치에 대해서는 상정도 하지 않았던 나를 위로하는 모양이었다.

하지만 나는 세라피나의 이가 부러지지 않았다는 사실이 중요했기에 다른 건 아무래도 상관 없었다.

"다행이다, 세라피나!"

그렇게 말을 걸자 세라피나는 생긋 웃었다.

"응, 시리우스! 어른의 이가 나면 더 딱딱한 걸 먹을 수 있어."

……세라피나의 말에서 딱딱한 것을 깨물었을 때 그녀의 이가 부러지는 걸 상상한 내 얼굴 근육이 조금 꿈틀거렸다는 건 말할

필요도 없을 것이다.

　　──그날 이후 껍질을 까지 않은 땅콩은 물론이고 세라피나가 조금이라도 딱딱해 보이는 음식을 입에 넣으려고 할 때는 내가 미리 깨거나 잘라주는 게 습관이 되었다.

　그 모습을 본 사람들은 다들 황당하다는 듯 나를 쳐다보며 '조금 과보호하시는 것 아닙니까?'라고 했지만, 나는 그 모든 말을 무시했다.

　세라피나의 이가 부러진다는 무서운 체험을 한 적이 없으니까 저런 태평한 소릴 할 수 있는 거라고 속으로 욕하면서.

　그리고 세라피나의 이가 부러지는 것보다 더 무서운 건 없다며 나는 그 많은 목소리를 감수하였다.

성녀 기사단

최근 나는 답답한 게 있다.

왕성에 와서 두 달 가까이 지났는데 다른 성녀와 아직 한 번도 만나지 못했다는 점이다.

나는 성녀를 동경해서 어린 시절부터 성녀가 되기 위해 훈련했다.

눈이 보이지 않았던 나는 달리 사람을 도울 방법을 떠올리지 못했기 때문이지만, 눈이 보이는 지금도 성녀가 되고 싶다는 의지는 단단하다.

그런 나를 시리우스는 동료로 인정해주었다.

그리고 내 성녀의 힘을 빌려달라고 했으니, 왕성에 도착하면 당장에라도 다른 성녀를 만나게 해줄 줄 알았는데…… 오늘까지 그 기회는 오지 않았다.

———참고로 훌륭한 성녀가 되기 위한 일반적인 코스에 대해서는 가정교사에게서 배웠다.

기사단에 입단하기 전, 기사 후보생들이 '기사 양성 학교'에서 공부하는 것처럼 다양한 장소에서 활약하는 성녀 후보생들은 '성녀 양성 학교'에서 공부한다고 한다.

이 나라는 '정령과 계약해서 회복마법을 사용할 수 있는 여성'

을 '성녀'라고 부른다.

그리고 우리나라의 여자는 반절이 성녀다.

단 세븐의 말로는 《절반이나 성녀가 될 수 있는 건 정령과 계약하기 때문이야. 게다가 그녀들이 사용하는 건 소소한 회복마법뿐이라 힘이 약한 사람이 대부분이지》라고 한다.

즉 성녀는 대부분 '가정 내에서 도움이 되는 소소한 회복마법'을 사용하는 정도의 힘을 지녔다는 소리다.

하지만 내 눈을 봐준 성녀처럼 더 무거운 병을 낫게 할 수 있는 성녀나 효능이 뛰어난 약초를 만들 수 있는 성녀도 있다.

그리고 그렇게 능력이 좋고 많은 사람을 위해 일하는 성녀는 대부분 '성녀 양성 학교'에서 공부한다.

한편 나는 성녀지만 내 능력이 어느 정도인지 전혀 알지 못했다.

왜냐하면 나는 정령에게서만 회복마법을 배웠고, 그전에는 혼자서 훈련했기 때문에 다른 성녀와 비교한 적이 없었기 때문이다.

어쩌면 내 학습 방법은 일반적이지 않을지도 모르고, 틀렸을지도 모른다.

그렇게 걱정이 되어 제대로 체계적으로 가르쳐주는 장소에서 배우고 싶었지만 '성녀 양성 학교'는 3년 동안 다니면서 배울 필요가 있다고 했다.

그래서 학교에 다니는 건 포기했다.

왜냐하면 시리우스는 이미 기사로서 마물과 싸우고 있기 때문이다.

그렇게 천천히 배웠다간 그동안 시리우스가 상처투성이가 될

지도 모른다.

그래서 능력 측면에서는 불안했으나 '성녀 양성 학교'의 졸업생 다수가 취직하는 '제4성녀기사단' 아래에서 배우고 싶었다.

그녀들 사이에 섞여보고 전혀 따라잡지 못할 것 같다면 그때는 포기하고 학교에 다니면 되고, 조금 따라잡지 못하는 정도라면 매일 혼자 복습하면 되니까.

"하지만, ……어쩌면 내 힘은 한참 부족한 건지도 몰라. 아니면 무언가 다른 이유로 전장에 내보내지 못하는 건지도 모르고. 그래서 시리우스가 성녀들을 만나게 하는 걸 망설이는 걸까."

나는 내 방 소파에 앉아 작게 중얼거렸다.

그때 노크 소리와 함께 바로 그 시리우스가 안으로 들어왔다.

시리우스는 늘 저녁을 먹은 뒤에 내 방을 찾아와 다양한 이야기를 해준다.

오늘은 책을 읽어주려는 건지 여러 권의 그림책을 옆구리에 끼고 있었는데, 무언가 질문이 있는 듯한 내 얼굴을 보고는 그림책을 테이블에 올려놨다.

"왜 그래? 세라피나. 책을 읽을 기분이 아닌 것 같은데. 뭐 마음에 걸리는 일이라도 있어?"

시리우스가 물어봐 주었으니 큰맘 먹고 원하는 걸 말해봤다.

"시리우스, 나…… 성녀기사단에 입단해서 성녀 공부를 하고 싶어!"

그러자 그는 몸을 흠칫 굳힌 후 말없이 걸어와 내 옆에 앉았다.

하지만 시리우스는 심각한 표정을 하고 있을 뿐 아무 말도 하지 않았다. 난처하게 만든 걸까. 미안한 마음이 들었다.

"시리우스, 내가 난처한 소릴 하는 거라면 대놓고 말해줘. 시리우스를 난처하게 하면서까지 하고 싶은 건 아니야."

시리우스의 옷을 붙잡고 그렇게 말하자 그는 여전히 심각한 표정인 채 목을 가볍게 저었다.

"그건 아니야. 난처한 게 아니라, 어떻게 해야 할지 생각했어."

시리우스는 생각에 잠긴 듯 한쪽 손을 들어 입술을 만졌다.

"그래, 계속 나중으로 미룰 수 있는 것도 아니니까 슬슬 너와 대화해야겠지."

그렇게 말하더니 시리우스는 내 한쪽 손을 가볍게 잡았다.

"세라피나, 너를 왕성에 데려온 이후 나는 계속 네 장래에 대해 고민했어."

"어? 그랬어?"

시리우스는 지금까지 그런 기색을 한 번도 보이지 않았기 때문에 놀라서 되물었다.

그러자 시리우스는 입술을 일그러트리며 고개를 끄덕였다.

"그래. 왜냐하면 성녀로서 네 능력은 특출나기 때문이야."

그러더니 무언가를 생각하듯 창밖으로 시선을 던졌다.

"먼저 내 이야기를 해도 될까? ……나는 기사다. 그것도 기사단에서 가장 강하다고 불리는 기사. 따라서 강력한 마물이 나타나면 반드시 나한테 토벌 의뢰가 오지만, ……그때 '내가 쓰러트릴 수 있는가'라는 건 전혀 고려하지 않아. '내가 쓰러트리지 못한다면 아무도 쓰러트릴 수 없다'고 생각하고 나한테 보내는 거지."

"뭐?!"

터무니없는 이야기가 나오는 바람에 무심코 소리쳤다.

그건 즉, 강한 마물이 나오면 시리우스가 쓰러트릴 수 있는지 없는지를 떠나 반드시 그에게 의뢰가 간다는 소리다.

그렇다면 상대가 아주아주 강한 마물이라서 시리우스라고 해도 쓰러트리지 못할 때는 어떻게 되는 거지?

내 의문이 얼굴에 드러난 건지 시리우스는 시니컬한 미소를 지었다.

"네 상상대로 승산이 희박한 마물을 상대한 적도 몇 번 있었어. 그렇다고 해도 내 뒤에 구해야 하는 사람들이 있고, 내가 유일한 희망이라면 맞서 싸우지 않을 수가 없어. 그렇게 나 스스로를 다독이고 전장에 나서고 있지만, ……편한 삶은 아니지."

시리우스는 잡고 있던 내 손을 놓고는 내 양어깨에 손을 올리고 정면에서 바라보았다.

"세라피나, 네가 강력한 성녀라는 걸 알면 다들 네게 도움을 청하고 항상 성녀임을 바라기 시작할 거다. 하지만 살아있는 인간인 이상 싫증이 나거나 두려움을 느끼는 순간이 반드시 와. 그런 상황에도 국민의 희망과 기대는 멈추지 않으니까 한번 두각을 드러내서 무대 위에 선다면 네 의사로 내려오는 게 어려워져. 그건 정말로 괴로운 일이야."

아마 나는 시리우스가 하려는 말을 절반도 이해하지 못했을 것이다.

전장에서 계속 싸우는 시리우스와 한 번밖에 싸운 적이 없는 나는 경험이 하늘과 땅만큼 차이가 났으니 그가 하는 말의 무게를 이해할 수 있을 리가 없었다.

그러니 나는 시리우스가 말하는 대로 하는 게 정답일 것이다——마음이 부정해야 한다고 외치고 있어도.

"……그럴, 지도 모르겠네."

시리우스가 바라는 대로 대답하자 그는 안도한 표정을 지었다.

그러고는 손을 뻗더니 내 머리카락을 헝클어트렸다.

"세라피나, 너를 왕도로 데리고 돌아올 때 힘을 빌려달라고 했던 마음은 조금도 변하지 않았어. 그러니 장차 네 힘을 빌리고 싶긴 하지만…… 그건 한참 나중 일이야. 게다가 이건 내가 멋대로 바라는 거니까 성장한 네가 성녀로 지내기 싫다고 해도, 아니면 전장에 나가는 성녀가 되고 싶지 않다고 해도 나는 그 마음을 존중하마."

"시리우스……."

렌트 숲에서 감정이 시키는 대로 나를 납치했던 때와는 다르게 시리우스는 냉정한 표정으로 그렇게 말했다.

계속 고민했다는 말대로 생각에 생각을 거듭한 끝에 나온 결론이겠지.

그렇다면 나는 역시 시리우스의 생각을 받아들여야 할 것이다.

"지금 생각해보면 렌트 숲에서 경솔하게 네게 도와달라고 해버렸어. 그 결과 너는 내 말을 성실하게 받아들이고 성녀로서 어떻게든 해야 한다며 나섰지. 하지만, ……네가 아직 6살이라는 걸 나는 잊고 있었던 거야."

시리우스는 후회하듯이 고개를 저었다.

"6살이라는 나이는 인생을 정하는 결단을 내리기에는 너무 일러. 성녀로서 사람들의 기대에 부응하기에는 너무 어려. 지금 너는 다양한 것을 보고 네 안에 '아름다움', '즐거움', '기쁨' 같은 감정을 배울 시기다. 그러한 감정이 장래에 네가 가야 할 길을 제시해줄 테니까."

"…………."

나는 점점 맞장구를 치는 게 힘들어졌다.

왜냐하면 시리우스의 말은 전부 나를 위해, 나를 배려하는 말들이었기 때문이다.

지난 두 달 동안 시리우스와 나는 많은 시간을 함께 보냈기에 그는 내가 6살 어린아이라는 걸 깨달은 거겠지.

그리고 성녀가 아니라 평범한 어린아이로 두기로 정한 것이다.

"시리우스……."

시리우스 자신은 전혀 고려하지 않고, 내 생각만 해준 그의 다정함에 가슴이 뻐근해졌다.

내가 얼굴을 일그러트린 걸 어떻게 받아들인 건지 시리우스는 기운을 북돋워 주려는 듯 내 손을 잡았다.

"세라피나, 서두를 필요는 없어. 렌트 숲에서 본 네 능력이 너무나도 뛰어나서 무심코 왕성까지 납치해왔지만, 너는 아직 부모님에게 어리광을 부리며 어린아이답게 놀아야 하는 나이야."

하지만 내가 어린아이답게 놀고 있으면 그동안 시리우스는 전장에 나가서 다치잖아?

입술을 꾹 깨물고 대답하지 못한 채 침묵하자 시리우스는 분위기를 바꾸려는 듯 밝은 목소리를 냈다.

"애초에 너는 왕족으로서 받아야 하는 교육이 있어. 국왕도 왕비도 네가 훌륭한 왕녀가 되어서 국민들 앞에서 눈부신 모습을 보여주길 고대하고 있지. ……네 눈이 보이지 않았던 만큼 훌륭한 왕녀로 만들고 싶다는 열망이 강한 거겠지. 그러니 네가 공부하는 시간을 소중히 써야만 한다고 봐."

"……그래."

부모님 이야기가 나오면 나도 고개를 끄덕일 수밖에 없다.

아버지와 어머니가 나를 소중히 여겨준다는 건 충분히 전해지고 있으니까 그 마음에 보답하고 싶다.

"왕도에 와서 너는 가족과 재회했고, 새로운 만남이 여럿 있었어. 앞으로도 네 세계는 넓어질 거다. 너는 정령 세계가 아니라 인간 세계에서 살아야 해. 그러니까 너를 데리고 돌아온 건 옳은 일이라고 봐. 네 정령도 왕도까지 따라와 줬고."

시리우스는 그렇게 말하고는 나를 안아 들고 무릎 위에 앉혔다.

그러고는 내 얼굴을 들여다보았다.

"나는 기사로서 네게 맹세했다. 렌트 숲에서 느꼈던 행복과 같은 수준의 행복을 약속한다고. 그리고 네 눈에 아름다운 것만을 보여주겠다고. 먼저 그 맹세부터 지키게 해줘. 사실 나 자신도 그리 어린아이다운 시절을 보내지 않아서 너와 함께 6살 아이의 생활을 체험하는 걸 기대하고 있거든."

즐겁다는 듯이 미래를 이야기하는 시리우스였지만…… 나는 자꾸만 조금 전 그가 한 말이 머리에서 떠나지 않았다.

이기지 못할 만큼 강한 마물과도 싸워야만 한다는 시리우스의 발언이.

시리우스의 기사 생활은 그 정도로 가혹한 것이다.

그런데도 시리우스가 바라는 '미래'까지 나는 성녀로서 전장에 서는 걸 미뤄야만 하는 걸까.

"시리우스……."

나는 가슴이 아파서 가슴께를 꽉 움켜쥐었다.

——내가 왕도에 오기로 결심한 건 시리우스를 지키고 싶어 서다.

시리우스는 정의감이 넘치고 용감하니까 언젠가 반드시 싸우다가 다칠 것이라는 생각에, 그런 그를 성녀로서 지키고 싶다고 강하게 바랐기 때문이다.

그래서 만약 내가 그에게 도움이 된다면 당장에라도 그와 함께 전장에 서고 싶지만, ……반드시 시리우스에게 도움이 된다고 단언할 만한 자신감은 없었다.

전장에 서는 다른 성녀의 모습을 한 번도 본 적이 없었으니 내 힘이 도움이 될 만큼 뛰어난 건지 아닌지를 알 수 없다.

렌트 숲에서는 잘 풀렸지만, 그건 시리우스를 비롯한 강한 기사들이 모여 있었던 덕분인 것 같다.

———시리우스는 성녀로서의 내 능력을 인정해주었지만 그게 반드시 전장에서 도움이 된다는 보장은 없으니까.

오히려 발목을 잡아서 폐를 끼칠 가능성도 컸다.

하지만 나 때문에 시리우스가 위험해지는 건 반드시 피해야 하니까…… 역시 내가 할 수 있는 건 조금이라도 뛰어난 성녀가 될 수 있도록 매일 노력하는 거겠지.

그리고 지금의 나에게는 기사단 소속 성녀들에게서 가르침을 청하는 게 가장 지름길로 보였다.

나는 시리우스의 옷을 꾹 붙잡고 그를 올려다보았다.

"시리우스, 나를 많이 생각해줘서 고마워."

인사를 들을 마음이 없었던 시리우스는 눈을 깜빡였지만 나는 아랑곳하지 않고 말을 이었다.

"걱정하지 않아도 나는 즐거운 걸 좋아하니까 매일 많이 즐겁게 지내고 있어. 세븐이 있으니까 이상한 사건이 많이 일어나거든."

"그래……."

왕도에 온 세븐이 저지른 각종 장난을 떠올린 건지 시리우스가 신음하듯 대답했다.

"그래도 나는 뛰어난 성녀도 되고 싶으니까, 역시 성녀기사단에 입단해서 성녀 공부를 하고 싶어."

조금씩이어도 괜찮으니까 시리우스에게 도움이 될 수 있는 성녀에 다가가고 싶다. 그의 대답을 기다리자 시리우스가 피식 입꼬리를 누그러트렸다.

"세라피나, 내가 이런저런 이야기를 했는데도 너는 넘어가 주지 않는구나. 그리고 그것이야말로 네가 뛰어난 이유겠지. 늘 뛰어난 성녀가 되려고 하는 그 열정은 존경스러울 정도야."

시리우스는 생각에 잠기듯 눈을 가늘게 떴다.

"너는 여태까지 다른 성녀가 싸우는 장면을 본 적이 없었지. 그런데도 렌트 숲에서 그토록 대처할 수 있었으니 천부적인 재능이라는 게 존재하나 보군. ……그런 네게 기사단 방문은 불필요하다고 보지만, 분명 너라면 어떤 곳에서도 많은 것을 흡수하겠지."

기대하는 듯한 눈으로 그를 바라보자 시리우스는 포기한 듯 쓴웃음을 지었다.

"알았어, 같이 성녀기사단을 방문하자."

시리우스의 대답을 들은 나는 기쁜 나머지 얼굴이 흐물흐물 풀렸다.

기뻐라. 성녀기사단 방문 허락이 떨어졌어!

"고마워, 시리우스!"

나는 웃는 얼굴로 인사한 뒤 그를 꼬오오옥 끌어안았다.

유능한 사람은 모든 방면에서 유능한 모양이다.

내가 그걸 깨달은 것은 다음 날 아침, 조찬실에 나타난 시리우스가 오늘 오후에 성녀기사단을 방문한다고 선언한 순간이었다.

"어? 오늘?! 하, 하지만 내가 부탁한 건 어젯밤이었잖아?"

나와 시리우스밖에 없는 조찬실에서 깜짝 놀라 되묻자, 시리우스는 지극히 당연하다는 표정으로 고개를 끄덕였다.

"그래. 네 요구를 들은 건 어제였지. 하루가 지났으니 그리 어려운 일은 아니야.”

"아니, 어제라고 해야 하나 어젯밤……. 그리고 아직 아침……."

우물쭈물 중얼거렸지만 아마 시리우스의 시간 감각으로 따지면 이런 신속함도 당연한 거겠지.

그는 담백하게 방문일 관련 이야기를 끝낸 뒤 화제를 방문 내용으로 넘겼다.

"세라피나, 기사단 방문에는 한 가지 문제가 있어. 애초에 기사단에 입단할 수 있는 건 성인뿐이다. 따라서 네 나이에는 입단 자격이 없지.”

"뭐?!"

몰랐다.

우리 나브 왕국에서는 통상 15살에 성인 의례를 치른다.

즉 나는 6살이니까 성인이 되려면 아직 한참 남았다는 소리다.

그런데 성인이 될 때까지 기사단에 입단하지 못한다니……. 놀라긴 했지만 생각해보면 당연한 건지도 모른다.

성녀는 정령과 계약하지 않으면 회복마법을 쓰기 위한 마력이 부족하고, 그 정령과 계약할 수 있는 게 성인뿐이니까 기사단 입단 자격을 성인으로 한정하는 건 합리적이다.

마찬가지로 성녀기사단이 아닌 기사들도 성인이 되기 전에는 몸이 만들어지기 전이니까 역시 하나의 기준점이 되는 건지도 모른다.

그렇게 생각하고 시무룩하게 고개를 숙이자 달래는 듯한 목소리가 날아왔다.

"세라피나, 원칙에는 뭐든 예외가 있어. 네가 진심으로 입단하고 싶다면 내가 어떻게든 해줄 테니까 걱정하지 마라."

"뭐?!"

놀라서 고개를 들자 시리우스는 지극히 진지한 표정으로 고개를 끄덕였다.

"나는 기사단 부총장이지. 더 대놓고 말하자면 기사단 총장은 서류 업무를 일절 하지 않으므로 내가 최종 결재를 맡는다. 네가 원한다면 특례를 만들어줄 수도 있고 아예 원칙을 바꿔주마."

"아, 아니, 그건 안 돼!"

나는 당황하며 고개를 붕붕 저었다.

큰일이다. 권력자가 진심을 발휘하면 뭐든 할 수 있으니까 이건 큰일이야.

시리우스는 내 대답에 불만이라는 표정을 보였으나 어깨를 움츠리고는 말을 이었다.

"세라피나, 오늘은 견학이야. 우선 반나절 동안 성녀기사단에 참가해봐."

"그래, 알았어!"

시리우스는 반박의 여지 없는 권력자다. 경솔한 소릴 했다간 권력을 팍팍 휘두를 것 같은 분위기를 느낀 나는 얌전히 고개를 끄덕였다.

그러자 시리우스는 내 눈앞에 손가락을 하나 세웠다.

"그럼 두 가지 약속해줘. 첫 번째, 네 신분은 숨긴다. 너는 왕족이야. 정식 절차를 거치려면 기사단에 견학하러 가는 것만으로도 사전 신청에 2주는 걸리는 데다 각종 제약이 걸리지. 따라서 오늘은 어디까지나 다른 사람으로 참석한다."

"그럼 나는 누가 되는 거야? 시리우스의 딸?"

고개를 갸웃거리며 묻자 시리우스는 싫다는 듯 고개를 찌푸렸다.

"나는 19살이다. 네 아버지가 될 수 있는 나이가 아니야."

"그럼 오라버니?"

"내 가족이란 선택지부터 포기해. 너는, 그래……. 꽃밭에서 발견한 귀여운 꽃의 요정은 어때?"

아무리 그래도 그건 나에게서 너무 동떨어진 거 아닐까. 아예 인간조차 아니다.

어이없어하며 시리우스를 쳐다보자 그는 겸연쩍은 듯 헛기침을 했다.

"……미안해. 이번에도 실패한 농담이었어. 하지만 꽃의 요정은 그리 나쁜 아이디어가 아닌 것 같은데…… 알았어. 접을 테니까 그런 눈으로 보지 마."

시리우스는 그렇게 말한 뒤 한숨을 쉬었다.

"그럼 흔하긴 하지만 나의…… 유리시즈 공작가의 분가 핏줄이라는 걸로 해놓을까. 참으로 수상한 설정이지만 나에게 대놓고 거짓말이라고 지적하는 사람은 없겠지."

"그건 아주 좋은 생각이야! 나는 계속 별궁에서 살았으니까 아가씨다운 건 아직 배우는 중이지. 그러니까 시골에서 살았던 먼 친척이라는 걸로 해줘."

시리우스는 '일국의 왕녀씩이나 되어선 겸손하기는' 하고 중얼 거렸지만 내가 시골에서 자랐다는 건 부정할 수 없는 사실이다.

영애 교육 초급 단계를 배우는 중인 나를 훌륭한 왕녀로서 대 우하는 건 시리우스와 아버지 정도겠지.

문제는 두 사람 모두 나한테 판정이 너무 무르다는 걸 둘 다 눈 치채지 못하고 있다는 점이다.

따라서 시리우스의 말에 반론하지 않았더니 그가 다음 화제로 넘어갔다.

"그럼 두 번째. 이번 방문을 아무 일 없이 끝내기 위해 너는 그 특출난 성녀의 능력을 숨겨."

"어?"

배우려고 가는 거니까 우선은 내가 뭘 할 수 있는지 보여줘야 하지 않을까?

고개를 갸웃거리고 있었더니 시리우스가 설명하기 시작했다.

"네가 성녀의 능력이라면서 아무도 본 적이 없는 마법을 시연 하면 성녀들도 아연실색하고 경악하겠지. 극심한 공황 상태에 빠 지리라는 게 쉽게 상상이 가."

시연. 아연실색. 경악. 공황.

어려운 단어가 많이 있구나.

난감하네. 집중한 시리우스가 어려운 단어를 쓰기 시작했다.

이렇게 되면 나는 시리우스가 무슨 말을 하는 건지 잘 이해하 지 못한다.

마음속으로 난처해하는 사이에도 시리우스는 어려운 말을 잔

뚝 써가며 말을 이었다.

"기사단은 결속력이 단단해. 네가 뛰어난 성녀임이 발각된다고 해도 그걸 기사단 내부에서 숨기는 건 가능하지. 그렇기에 네가 사람들 앞에 등장할 때까지 기사단 내에서 성녀의 역할을 체험하는 건 네게 유익한 토양이 될 거다. 전에도 말했지만 체험해봤다가 네게 맞지 않는다면 전장에 서는 것 말고 다른 방식의 성녀가 되면 될 뿐이니까."

"어, 어어."

"하지만 그건 나중 일이야. 오늘의 목적은 전장에서 성녀가 어떻게 움직이는지 견학하는 것이니까 너는 얌전히 있으면 돼. 안 그러면 다들 네 마법을 알고 싶어 해서 견학을 할 수 없게 될 테니까."

"그래."

……다행이다. 이번에는 시리우스의 말을 대강 이해한 것 같다.

즉 성녀들의 싸움을 얌전히 지켜보라는 소리지?

이해했다는 뜻으로 내가 고개를 크게 끄덕이자 시리우스는 내 머리 위에 커다란 손을 올렸다.

"괜찮아. 무슨 일이 일어나도 내가 있으니까."

그리고 그날 오후.

시리우스는 선언한 대로 '제4성녀기사단'까지 따라와 주었다.

심지어 아주 바쁠 텐데도 반나절 동안 기사단을 체험하는 내 옆에 계속 있어 준다고 한다.

왕녀라는 걸 들키지 않도록 카노푸스를 호위에서 제외했기 때문에 걱정된 건지도 모른다.

아하, '내가 있으니까'라는 말은 말 그대로 옆에 있다는 뜻이었구나. 나는 한발 늦게 시리우스가 한 말의 의미를 이해했다.

그가 집무실을 나설 때 기사들이 울상이었던 걸 보고 중요한 용건을 내던지고 온 게 아닌지 걱정했지만, 시리우스는 '내가 해야 할 일은 전부 다 했어'라고 단언했다.

틀림없이 서로 인식에 차이가 있는 거다. 기사들은 시리우스가 일을 더 하길 바랐던 거겠지. 하지만 이제 와서는 어떻게 할 수 없다고 포기했다.

참고로 세븐은 《**어른 정령을 만나기 싫어**》라면서 따라오지 않았다.

아마도 어른 정령들이 어린애 취급하는 게 싫은 거겠지.

오늘은 견학만 하는 거니까 세븐이 없어도 괜찮을 거라고 생각하며 성녀기사단의 훈련장으로 들어갔다.

그러자 20명 정도 되는 성녀 전원이 일제히 이쪽을 돌아보았다.

그 때문에 무심코 움찔하고 몸이 굳어버린 나는 옆에 선 시리우스의 기사복을 꽉 움켜쥐었다.

새삼 확인하자 그 자리에 있던 성녀들은 거의 모두가 붉은빛이 도는 머리카락이었다. 틀림없이 능력이 뛰어난 성녀다.

하얀색에 빨간색으로 포인트가 들어간 성녀기사단 전용 제복을 입고 늠름한 표정으로 이쪽을 바라보는 성녀들은 다들 아주 멋있었다.

"와, 멋있어."

무심코 그런 말을 흘리자 시리우스는 조용히 내 등에 한쪽 손을 받치고는 보폭을 맞춰 훈련장 중앙으로 같이 걸어갔다.

시리우스의 방문은 미리 공지했던 모양이다. 그리고 다들 그를 아는 건지 성녀들은 모두 웃는 얼굴로 시리우스에게 인사했다.

늠름하고 진지한 표정이 순식간에 미소로 바뀌는 모습에서 느껴진 커다란 격차와 그 사랑스러운 미소에 정신이 멍해졌다.

"아, 나도 이런 성녀가 되고 싶어."

몽롱한 상태로 그렇게 중얼거리자 내 심리를 모르는 시리우스에게서 의아해하는 시선이 내려왔다.

그러는 사이에 성녀기사단의 단장과 부단장이 빠른 걸음으로 다가왔다.

"시리우스 부총장님, 오늘은 방문해주셔서 감사합니다!"

단장도 부단장도 부드러운 미소를 짓고 있었다. 시리우스가 기사단의 성녀들에게서 미움받고 있다는 건 그의 착각인 게 분명하다.

애초에 시리우스는 명백하게 호의로 대하는 성녀들에게는 전혀 관심이 없다는 듯 가져온 서류를 건네면서 사무연락에 들어갔다.

이건…… 성녀들이 시리우스를 싫어하는 게 아니라 시리우스가 성녀들에게 관심이 없는 거잖아.

평소 표정이 풍부하고 털털한 시리우스와 무표정으로 필요한 사항을 설명하는 시리우스가 같은 사람처럼 보이지 않아서 놀라고 있었더니 그가 고개를 들고 나를 보았다.

그래서 몇 걸음 걸어가 시리우스 옆에 섰다.

"소개하지. 이쪽이 오늘 성녀기사단에 참가하는 먼 친척, 세라…… 세라피다."

이름까지는 정하지 않았기 때문에 시리우스는 아슬아슬하게 가명 같은 것을 즉석에서 창작한 모양이었다.

하지만 마지막 한 글자를 생략했을 뿐이므로 거의 본명 같다.

내가 머리를 꾸벅 숙이자 성녀기사단의 단장과 부단장이 자기소개했다.

단장 아다라는 빨간 머리카락을 목깃 높이에서 깔끔하게 자른 핸섬한 성녀고, 부단장 미르파크는 적보라색 머리카락을 어깨까지 길렀으며 인정이 많아 보이는 성녀였다.

아다라 단장은 시리우스를 향해 다부지게 씩 미소 지었다.

"오늘은 시리우스 부총장님께서 오신다는 말씀을 들었기에 '별내림 숲'의 마물 퇴치를 진행할 예정입니다. 이쪽 아가씨에게 성녀의 전투법을 가르쳐주고 싶으신 것이라면 실전을 견학하는 게 가장 좋을 테니까요."

내가 '아가씨'라고 불리자 시리우스는 못마땅한 듯 눈썹을 찌푸렸지만, 내 앞에서 싸우기는 싫었던 건지 말을 삼키며 시선을 내렸다.

한편 나는 아다라 단장의 멋진 모습에 취해 있었다.

아다라 단장이 여성이라는 건 알고 있지만, 아니, 오히려 여성이기 때문에 늘씬한 팔다리와 단정한 이목구비가 두드러져서 한층 더 잘생김을 강조했기 때문이다.

내가 반짝반짝한 눈으로 아다라 단장을 쳐다보는 모습을 시리우스가 무표정하게 바라보면서 입을 열었다.

"……그럼 나를 호위하는 기사들도 전투에 참여시키지."

시리우스는 중요 인물이기 때문에 세 명의 기사가 동행했는데, 다들 렌트 숲을 방문했던 익숙한 기사들이기도 했다.

따라서 내가 작게 손을 흔들자 마찬가지로 손을 마주 흔들어주었다.

◇ ◇ ◇

'별내림 숲'은 왕성에서 말을 타고 한 시간 정도 거리에 있는, 마물이 사는 숲이다.

전원 말을 타고 이동했는데, 혼자서 말을 타지 못하는 나는 시리우스의 말에 같이 탔다.

아다라 단장과 미르파크 부단장은 당연하다는 듯 혼자 말을 탄 걸 보면 훌륭한 성녀는 혼자서 말을 탈 수 있어야 하는 모양이다. 앞으로 공부할 목록에 승마를 추가하기로 했다.

시리우스 앞에 앉아 말이 달릴 때마다 몸이 덜그덕거리는 걸 재미있어하며 웃었지만, 얼마 지나지 않아 시리우스가 한쪽 팔로 내 몸을 안아 들었다.

"흐억?"

놀라서 올려다보자 시리우스가 난처해하며 눈썹꼬리를 내리고 있었다.

"말을 탈 때는 말의 움직임에 맞춰서 몸을 위아래로 움직이지 않으면 엉덩이가 아파. 하지만 네 몸으로는 무리겠지. 다리로 말의 몸통을 조이지도 못하니까. 그러니 나한테 안겨 있어."

"어? 그런 거야?"

기본적인 승마법을 몰랐기 때문에 놀라서 시리우스를 올려다보았다.

시리우스는 당연하다는 듯 고개를 끄덕였지만, 그는 한 시간 동안 나를 계속 안고 있을 생각인 걸까.

아무리 그래도 좀 무모하지 않나.

"시리우스, 내 엉덩이엔 살이 많으니까 조금은 충격을 받아도 괜찮아. 시리우스는 지금부터 마물이랑 싸울 텐데 나를 계속 안고 있어서 팔이 아프면 힘들잖아."

"하하, 농담은. 고작 땅콩 먹다가 이가 빠질 정도로 연약한 네가 괜찮다고 말하는 걸 믿을 수 있겠냐. 어차피 너는 요정처럼 가벼우니까 내 팔을 걱정할 필요 없어."

……아니, 나는 제대로 6살 다운 체격이니까 그렇게 가볍진 않을걸.

계속 안고 있으면 틀림없이 무거워지면서 팔이 저릴 거야.

그렇게 생각했으나 시리우스는 나를 반대쪽 팔로 바꿔 들지도 않은 채 계속 왼팔 하나로 들었다.

심지어 중간중간 풍경 설명도 해주고, 사이사이 웃음도 흘릴

만큼 여유가 넘쳤다.

목적지에 도착해서 시리우스의 품에서 내려온 나는 괜찮은 척 참고 있는 게 틀림없다며 조심조심 그의 팔을 찔러봤지만, 시리우스는 태연한 얼굴이었다.

……그래. 이렇게 말도 안 되는 몸뚱이를 지닌 시리우스가 보기엔 내가 정령처럼 연약해 보일만도 하구나.

나는 그제야 여태까지 시리우스가 보인 태도를 이해한 것 같은 기분이 들었다.

그 후 우리는 다 함께 숲속으로 들어갔다.

멤버는 시리우스, 나, 성녀 아다라 단장과 미르파크 부단장, 그리고 시리우스를 호위하는 기사 세 명.

숲이라고 하면 렌트 숲밖에 몰랐던 나는 흥미진진하게 주위를 두리번거렸다.

그러자 렌트 숲과는 다르게 이 숲에는 키가 작은 나무가 많다는 걸 깨달았다.

고작 그 정도였지만 대단한 발견인 것 같은 느낌에 나는 시리우스를 돌아보았다.

"시리우스, 이 숲에는 커다란 나무가 별로 없어!"

그러자 내 목소리를 들은 아다라 단장이 황당하다는 듯 고개를 저었다.

"저런, 이 아가씨는 부총장님을 그냥 이름으로 부르는 겁니까? 아무리 어리다고는 해도 예의범절이 부족하군요."

"어? 앗, 시리우스 씨……."

예리한 지적에 허둥지둥 정정했더니 시리우스가 날카로운 목소리로 말했다.

"하지 마, 세라피나, 나, 나는 그냥 시리우스라고 불러라, 세라피."

하지만 시리우스의 목소리는 중간에 동요해서 흔들렸다.

내 본명을 말해버리는 바람에 당황해서는 수습하려고 노력한 모양이었다. ……성공했는지 아닌지는 모르겠지만.

"앗, 네."

나는 이 이상 괜한 소릴 하지 않도록 짧게 대답했다.

……시리우스는 다양한 책략을 세워서 대처하는 타입인 줄 알았는데, 내 가명을 쓰는 것조차 실패하는 걸 보면 은밀한 행동에는 적성이 없는 모양이다.

"세라피는 내 친척이야. 피붙이에게까지 딱딱하게 불리고 싶은 마음은 없다."

그렇게 설명한 시리우스였지만 아다라 단장은 난처한 듯 웃었다.

"부총장님의 마음이 어떻든 그 입장은 모든 이가 공경해야 합니다. ……제가 아는 한 왕자 전하와 왕녀 전하도 부총장님께 경칭을 붙여서 부르고 계시잖아요?"

그러더니 아다라 단장은 나에게 힐끔 시선을 주었다.

"그런데 이 아가씨는 5살 정도입니까? 이렇게 어리면 저희의 마법을 본다고 해도 아무것도 배우지 못할 텐데요. 그런데 왜 그

런 걸 뻔히 알고 계신 부총장님이 굳이 기사단에 데려온 건지 참
으로 의아합니다. 저희도 한가한 건 아니니까 시리우스 부총장님
의 의뢰가 아니었다면 거절했을 겁니다."

옆을 걷던 미르파크 부단장이 맞는 말이라는 듯 고개를 크게 끄
덕였다.

"아다라 단장님 말씀대로입니다. 저희와 시리우스 부총장님께
서 반나절을 들여 함께하는 오늘 일도 세라피 양 안에서는 피크
닉에 갔다는 정도의 기억이 될 테니까요."

"……세라피 안에서 오늘의 기억이 피크닉으로 남는다면 그건
내 실력과 너희들의 마법이 이 숲의 풍경보다 인상적이지 못했다
는 거겠지! 그 경우 나라면 내 실력을 부끄러워할 거다!"

시리우스의 목소리는 누가 들어도 알 수 있을 만큼 짜증이 나
있었기 때문에 아다라 단장과 미르파크 부단장의 몸이 움찔 굳
었다.

나도 시리우스는 가볍게 흘려넘기는 타입이라고 생각했기에
대놓고 반박하는 모습을 보고 깜짝 놀랐다.

성녀 두 사람도 나처럼 놀란 반응을 보이더니, 경직이 풀린 후
'어? 이분 진짜로 부총장님이죠?', '우리의 발언에 반응하는 분이
아니셨는데'라며 눈을 크게 떴다.

그런 성녀 두 사람을 보고 몇 걸음 뒤를 걷고 있던 경호 담당 기
사 세 사람은 아직 멀었다는 양 고개를 절레절레 흔들고는 이겼
다는 듯이 담소했다.

"아다라 단장님과 미르파크 부단장님은 정보가 느리시구나!"

"맞아, 부총장님의 이 무시무시한 집착은 지금 기사단에선 상식인데 말이지."

"은빛 기사가 가장 사랑하는 공주님이니까."

……렌트 숲에서 지냈을 때처럼 시리우스의 동료 기사들은 항상 즐거워 보인다.

◇ ◇ ◇

그런 우리는 약 한 시간 정도 걸어 간신히 마물과 마주쳤다.

난생처음으로 다른 성녀들의 마법을 보게 된다는 생각에 가슴이 두근두근 크게 뛰었다.

시리우스의 신호를 받아 나는 다른 사람들에게 방해가 되지 않는 장소로 타다닷 달려갔다.

최근에 알아차린 거지만 나는 눈이 아주 좋다.

상당히 멀리서 봐도 사람들의 움직임이 보이니, 무슨 일이 있어도 방해되지 않을 거리까지 떨어져 있기로 했다.

나는 사람들에게서 떨어진 돌 위에 기어 올라간 뒤 두 손을 꼭 붙잡았다.

"아아, 드디어 성녀들의 마법을 볼 수 있구나!"

흥분해서 바라보는 곳에는 여섯 마리의 마물이 있었다.

늑대형 마물 세 마리와 멧돼지형 마물 세 마리다.

하지만 그 마물을 보고 문득 위화감을 느꼈다.

늑대형 마물은 머리에 달린 갈기가 딱딱한 걸 보면 펜릴이 아닐까?

눈앞에 있는 마물이 '마물 도감'에 실린 펜릴의 일러스트와 똑같았기 때문에 그렇게 생각했는데, 펜릴은 상위 마물이라 숲 변두리가 아니라 더 깊은 곳에서만 산다.

게다가 도감에는 펜릴 한 마리를 쓰러트리려면 수십 명의 기사가 필요하다고 적혀있었다.

그런데도 시리우스는 혼자서 주저 없이 나서고 있으니까…… 그러니까 펜릴이 아닌 거겠지?

그렇게 반신반의하며 지켜보자 세 명의 기사들도 보폭을 늦추지 않고 시리우스 뒤를 따라갔다.

한편 성녀인 아다라 단장과 미르파크 부단장은 후방에서 멈추더니 정령을 불러냈다.

"정령이여, 이 자리에 와서 힘을 빌려다오!"

"위대한 정령이여, 그 모습을 현현하소서!"

저건 계약할 때 정한 말일 것이다.

정령의 말을 사용하지 않았는데도 불구하고 성녀가 소환 주문을 왼 순간 성인 여성과 같은 크기의 정령이 둘 나타났다.

둘 다 녹색 머리카락을 나부끼며 지면에서 조금 떨어진 공중에 떠 있었다.

"우, 우와! 어른 정령이야!!"

내가 여태까지 본 적이 있는 건 어린아이 정령뿐이었기 때문에 어른 정령이 나타나자 흥분을 느꼈다.

"와아, 어쩌지! 두근거려서 쓰러질 것 같아."

스스로도 깜짝 놀랄 만큼 심장이 크게 뛰었다.

진정하려고 두 손을 모으며 바라보자, 2미터쯤 되는 멧돼지형 마물이 먼저 움직였다.

마물은 위협하듯이 앞다리로 몇 번 땅바닥을 긁은 후 시리우스를 향해 곧장 돌진했다.

"저건 바이올렛 보어라고 하는 마물이구나! 직진으로 돌진한다는 걸 알고 있어도 그 속도와 기세에 튕겨 나가게 된다고 도감에 적혀있었어."

나는 두 손을 모아 잡고 시리우스가 다치지 않길 기도했다.

한편 마물이 어마어마한 기세로 돌진하는데도 시리우스는 미동도 하지 않았다.

그러고는 마물을 아슬아슬할 때까지 유인한 뒤 충돌하기 직전에 슥 피하더니 딱 한 번 검을 휘둘러 마물의 목을 잘라냈다.

"헉! 강해! 렌트 숲 싸움에서 시리우스가 강하다는 건 알았지만 정말로 강하구나!"

렌트 숲에서 마물과 싸웠을 때는 성녀가 나밖에 없었으니 조금이라도 도움이 되고 싶어 온 힘을 다해 노력했다.

따라서 적과 아군의 전투력을 가늠할 수 있었지만, 지금은 거리가 떨어져 있기도 하기에 아무래도 관객 같은 기분이 들어 조마조마했다.

앗, 안 되지. 오늘은 성녀들의 전투 방식을 공부하러 온 거니까 제대로 배워야 해!

그렇게 스스로를 혼낸 나는 아다라 단장과 미르파크 부단장에게 시선을 옮겼다.

두 명의 성녀는 항상 기사들과 일정한 거리를 유지하고 있었다.

그 거리는 내가 렌트 숲에서 싸울 때 기사들에게서 유지하던 거리보다도 멀어서 보통은 이 정도로 멀구나? 하고 놀랐다.

"이런, 나는 기사들과 더 가까이 있었으니까 다들 방해된다고 느꼈을 거야!"

착한 기사들은 내가 첫 전투이니 눈감아준 모양이지만, 다음부터는 제대로 해야겠다. 좋아, 다음 기회에는 기사들에게서 더 떨어져 있자!

그렇게 다짐하며 계속 관찰했지만, 성녀 두 사람은 기사들에게 신체 강화 마법이나 방어 마법을 일절 걸지 않았다.

"아, 혹시 적이 얼마나 강한지 보면서 어떤 마법을 걸지 판단하는 건가? 그렇다면 걸 수 있는 마법을 모조리 걸었던 나는 굉장히 초보자라는 티를 낸 셈이네."

아니, 실제로 첫 전투였고 초보자였다.

따라서 내 성녀로서의 대처는 여러모로 부족한 부분이 있었을 텐데 칭찬해준 시리우스와 기사들은 정말 상냥하다니까!

……그렇게 고마워하면서 손에 땀을 쥐며 눈앞에서 펼쳐지는 전투를 지켜보고 있었더니 누군가가 등을 두드렸다.

어? 이런 숲속에 누구지? 놀라서 뒤를 돌아보는 것과 동시에 내 발이 허공으로 떴다.

"허억?"

내가 괴성을 질렀을 때는 이미 갑자기 나타난 황금색 그리폰이 드레스의 등 부분을 붙잡고 들어 올린 뒤였다.

그리폰은 머리는 매고 하반신은 사자인 흉악한 마물이다.

너무 흥분했던 나머지 그런 마물이 어느새 가까이 와 있었다는 걸 눈치채지 못한 모양이다.

그리고 무슨 일이 일어났는지 이해했을 때는 이미 다리가 당에서 한참 떨어진 뒤였다.

"흐아아악!"

내 외침에 시리우스가 튀어 오르듯 고개를 들었다.

전투 중인데도 불구하고 멀리 떨어진 내 목소리를 듣고 돌아본 것이다.

그런 시리우스는 마물에 붙잡혀 6, 7미터 정도 되는 높이까지 들려 올라간 나를 보고는 눈을 부릅떴다.

시리우스는 즉각 검을 던지려는 듯한 자세를 잡았지만, 마물이 죽고 내가 바닥으로 떨어질 위험을 걱정한 건지 그 팔이 뚝 멈췄다.

"세라피나!"

창백해져서 소리치는 시리우스를 향해 나도 큰 목소리로 대답했다.

"시리우스, 미안해!"

나는 너무너무 미안했다.

성녀들의 전투법을 보고 싶다고 이런 곳까지 데려와달라고 해 놓고, 한창 전투를 견학하던 도중에 깜빡 마물에게 잡혀버리다니.

어쩌면 인정 많은 시리우스는 이대로 나를 쫓아올지도 모른다.

하지만 그랬다간 펜릴 같은 마물이 세 마리나 있으니까 이 전투가 아주 힘들어질 것이다.

"시리우스! 나는 절대 안 잡아먹히니까 괜찮아──!!"

그러니까 먼저 펜릴들을 쓰러트려.

그런 마음을 담아서 소리쳤지만 시리우스에게는 들리지 않은 모양이었다.

왜냐하면 그는 이미 마물과의 전투는 안중에도 없다는 듯 창백한 안색으로 나만을 응시하고 있었기 때문이다.

그 표정으로 보아 아무래도 내 말은 시리우스를 걱정시키지 않기 위한 허세로 들린 모양이다.

하지만 그것도 잠시, 시리우스는 검을 검집에 되돌리더니 전속력으로 그리폰을 향해 달렸다.

아무리 시리우스가 괴물처럼 강하다고 해도 날개가 달린 그리폰을 따라잡을 수 있을 리 없다. 그런 생각을 하는 사이에도 그리폰은 점점 비행 속도를 올려 시리우스와 거리를 벌렸다.

나는 괜찮다고 알려서 시리우스를 안심시켜주고자 크게 손을 흔들었지만, 곧바로 그 모습이 보이지 않게 되었다.

예상했던 대로 그리폰은 나를 곧장 둥지로 데려갔다.

기본적으로 그리폰은 절벽에 둥지를 만들고 집단으로 서식하지만, 때때로 동료들과 떨어져서 사는 그리폰이 존재한다.

나를 잡아 온 그리폰이 바로 그런 그리폰인 건지 숲을 보며 서 있는 벼랑에 난 구멍에 혼자서 살고 있었다.

둥지에 가져오는 건 먹이뿐이다.

그렇다는 건 나는 먹이가 되는 걸까……. 하지만 이렇게 살려서 먹을 필요가 있는 건 새끼가 있을 때문이다.

새끼에게 살아있는 먹이를 줘서 사냥하는 방법을 가르치는 건데, ……둥지 안을 휙 둘러봐도 새끼 그리폰은 없었다.

어라? 그럼 무슨 생각인 거지?

어쩌면 여기서 나를 죽이고 잡아먹을 생각인 건가?

나는 두려워하는 표정으로 그리폰을 바라보았다.

"그리폰아, 만약 나를 먹으려고 하는 거라면…… 응? 어? 반대로 밥을 주는 거야?"

마지막 말이 질문으로 끝난 건 내가 말하던 도중 황금색 그리폰이 검은 무언가를 이쪽으로 던졌기 때문이다.

밥 이야기를 하던 도중이었기 때문에 순간적으로 밥을 준 건가 했는데, 내 발치에 구르는 건 나와 비슷한 크기의 검은 털뭉치였다.

아니, 털뭉치에 귀가 달린 걸 보고 털이 부숭부숭한 검은 늑대라는 걸 깨달았다.

"……아니, 이건 늑대가 아니라 마물이야. 펜릴? 와, 진짜로? 하지만 검은색 마물은 특별종이었지?"

머리에 난 갈기가 딱딱한 늑대형 마물은 펜릴이다.

조금 전에 봤을 때는 멀리서 본 거라 반신반의했지만, 가까이

서 특징을 보니 펜릴이 확실하다.

펜릴이라면 이 마물 자체가 상위종이므로 아마 그리폰보다 강할 것이다.

하지만 문제는 그게 아니라, ──이 마물이 검은색을 지녔다는 점이다.

왜냐하면 검은색은 대륙 최강의 특별한 힘을 지녔다는 걸 가리키는 경고색이기 때문이다.

그리고 실제로 이 대륙의 정점에 존재하는 '이대마수'는 둘 다 검은색이다.

그중 하나는 흑룡이고, 다른 하나는…… 뭐였는지는 잊어버렸지만 검은 펜릴은 아니었다.

아마도 대륙 전체를 뒤져 봤자 검은색 마물은 그 두 마리밖에 없을 것이다.

하지만, ……그렇다면 이 털덩어리는 뭐지? 둥글게 몸을 웅크린 털뭉치를 쳐다보고 있었더니 털뭉치에서 팔다리가 솟아나고 털 아래에서 붉은 눈이 나타났다.

"으응???"

이 아이가 뭔지 전혀 모르겠다…….

하지만 이 마물이 검은색인 건 확실하고, 그렇다면 믿어지지 않을 만큼 강할 텐데…….

나는 검은 펜릴을 빤히 쳐다보며 생각을 정리하려고 했다.

정령왕의 축복인 건지 눈을 뜬 뒤로 하루하루 이 눈은 많은 것들을 읽어낼 수 있게 되었다.

그 눈으로 쳐다보면 검은 펜릴이 실제로 말도 안 되게 강하다는 걸 알 수 있었다.

단 크기로 보아 이제 막 태어난 새끼다. 그러니 자신의 힘을 쓰는 법을 잘 모르는 건지도 모른다.

그래서 그리폰에게 잡혀 왔다……?

"앗?!"

그때 나는 처음으로 내 발치에 흩어져있는 대량의 빨간 깃털을 발견했다.

집어 들어 확인해 보자 그건 그리폰의 깃털이었다. 심지어 일반적인 것보다 조금 작다.

"어? 여기에 빨간 깃털의 새끼 그리폰이 있었던 거야?"

한 번 더 주위를 살펴보자 안쪽에 새알 껍질이 있다는 걸 발견했다.

"어? 어어?"

나는 그 잔해에서 여기서 일어난 일을 상상했다.

아마 이 황금색 그리폰은 빨간 그리폰 새끼를 낳았다.

그리고 그 새끼에게 줄 먹이로 검은 펜릴을 잡아왔지만, ……어쩌면 반대로 새끼가 검은 펜릴에게 잡아먹힌 건지도 모른다.

빨간 그리폰은 변이종이라 통상적인 그리폰보다 강하지만, 검은 펜릴은 그보다 더 상위인 특별종이니까 새끼끼리 맞붙으면 검은 펜릴에게 승산이 있었던 건지도 모른다.

"으으으, 마물의 세계는 약육강식이지만……."

나는 쭈뼛쭈뼛 검은 펜릴을 보았다.

그 후 내 옆에 있는 황금색 그리폰을 올려다보았다.

그러자 그리폰은 몸을 굽혀 하늘을 날아오는 동안 헝클어진 내 머리카락을 부리로 다듬어주었다.

그 부드러운 눈동자를 보며 번뜩였다.

"아, 혹시 나를 새끼로 착각하는 거야?"

그러고 보면 오늘은 빨간 드레스를 입었다.

내 머리카락도 빨간색이라 전신이 빨개서 새끼 그리폰으로 착각한 건지도 모른다.

드레스 자락이 팔랑거리는 걸 보며 시리우스는 마치 요정 같다고 칭찬해주었는데. 아니야. 나는 마물로 착각당했다고!

"……그렇겠지. 갑자기 둥지에서 새끼가 사라지면 어디에 갔는지 찾아다니겠지. 아마 나를 사라진 새끼인 줄 알고 이 둥지로 데려온 거야. 그리고 밥을 먹으라고 검은 펜릴을 준 거지."

하지만 나는 배가 고프지도 않고 애초에 검은 펜릴을 먹고 싶지도 않아…….

어떻게 해야 할지 고민하며 검은 펜릴을 향해 한 손을 뻗어 배를 쓰다듬자 축축한 무언가가 묻었다.

"어?"

놀라서 내 손을 봤더니 피로 새빨갛게 물들어 있다.

한 번 더 검은 펜릴에게 시선을 돌려 자세히 관찰하자 검은 펜릴은 전신을 다친 상태였다.

검은 털에 덮여있어서 놓쳤지만 몸 여기저기에서 피가 난 모양이다.

부숭부숭한 털 속에서 삐죽 나와 있는 것도 한쪽 귀 뿐이고, 반대쪽 귀는 없었다.

"세상에!"

놀라는 사이에 검은 펜릴은 다리를 웅크리고 한 번 더 검은 털뭉치로 돌아갔다.

아마 그리폰이 바닥에 던지는 바람에 무슨 일인가 경계하면서 다리를 내어놨지만, 당장 급한 위험은 없는 것 같다고 판단하고 체력을 온존하기로 한 거겠지.

애초에 검은 펜릴은 온몸이 다쳤기 때문에 일어날 힘은 거의 남아 있지 않을 것이다.

황금색 그리폰이 다치게 했다…… 기보다는 원래 다쳤던 건지도 모른다.

그러니까 그리폰이 검은 펜릴을 잡을 수 있었던 건지도 모르지.

나는 조심조심 검은 털뭉치로 다가가 살짝 망설인 뒤 말을 걸었다.

"깜장 펜릴아, ……저기, 혹시 나를 절대 안 먹겠다고 약속해준다면 네 상처를 낫게 해줄게."

왜냐하면 약해져서 기운이 없기 때문인지 검은 펜릴에게서는 나에 대한 적의가 전혀 느껴지지 않았기 때문이다.

내 말을 들은 검은 펜릴은 털뭉치 속에서 한쪽 귀를 꿈틀 움직이더니 털뭉치 모드를 조금 풀고 빨간 눈을 들었다.

그러고는 나를 감정하듯이 빤히 쳐다보더니 고개를 끄덕인…… 것처럼 보였다.

"앗, 약속했어!"

나를 먹지 말라고 당부한 뒤 세븐에게서 배운 '절대 마물에게 잡아먹히지 않는 춤'을 문득 떠올렸다.

"아, 그래! 이걸 보여줘야 한다는 걸 깜빡했어."

위험에 처했을 때 상대방에게 보여주라고 세븐이 가르쳐준 춤이다.

완전히 잊고 있었는데 아슬아슬하게 생각났어!

나는 부리나케 일어나 검은 펜릴과 황금색 그리폰을 향해 꾸벅 허리를 숙였다.

그러고는 춤을 추기 시작했다. 당연히 노래와 함께.

"안녕하세요, 세라피나입니다!

빨간 머리카락이라서 정령이 친구예요.

그러니까 저를 먹으면 안 돼요.

와, 맛있어 보이는 딸기! 아뇨, 빨간 전갈이었어요.

와, 맛있어 보이는 바나나! 아뇨, 노란 독거미였어요.

와, 맛있어 보이는 감자! 아뇨, 보라색 독초였어요.

그. 러. 니. 까.

와, 맛있어 보이는 세라피나! 아뇨, 먹으면 안 돼요!"

마지막에는 두 팔로 커다란 'X'를 그리며 포즈를 잡았다.

나는 해냈다는 마음으로 가득 차서 헉헉 거칠게 숨을 내쉬며 두 마리를 바라보았다.

그러자 두 마리는 커다란 눈을 동그랗게 뜨며 나를 보고 있었다.

"와, 역시 세븐이야! 효과가 있나 봐."

마물이 내 노래와 춤에 빠져있다니, 분명 세븐의 말대로 효과가 있었던 거다. 앞으로는 나한테 나쁜 짓을 하지 않겠지.

그렇다. 이건 마물을 회유해서 동료로 만드는 춤이다!

나는 기뻐져서 생글생글 웃으며 검은 펜릴에게 다가갔다.

검은 펜릴은 조용히 나를 올려다보고 있었다. 그 시선에서 나를 믿어주고 있다는 느낌이 든다.

나는 검은 펜릴의 목을 쓰다듬은 뒤 두 손을 그 검은 마물 위로 뻗었다.

그 후 한 마디.

"회복!"

내 목소리와 함께 붉은빛이 도는 반짝반짝한 빛이 검은 펜릴 위로 쏟아졌다.

그러자 눈 깜짝할 사이에 펜릴의 몸에 있던 모든 상처가 사라졌다.

그 직후 바닥에 엎드려있던 검은 마물은 놀란 듯 펄쩍 일어났다. 움직임은 민첩하고 동작 하나하나에서 힘이 느껴졌다.

"어, 어라……?"

그래서 나는 당황한 마음으로 검은 펜릴을 쳐다봤다.

상처가 나은 눈앞의 마물은 어마어마하게 강해졌기 때문이다.

"저런, 이 아이는 어린아이니까 다친 게 마음에도 영향을 줘서 실제보다 훨씬 약해져 있었던 거야. 상처가 낫자 다른 마물처럼

보일 만큼 강해졌어."

어쩌지. 이렇게 강한 마물을 치유해줘도 괜찮았던 걸까. 난감해하며 검은 펜릴을 바라보자 그 마물은 꼬리가 떨어질 기세로 붕붕 흔들기 시작했다.

"어, 어라? 혹시 내가 낫게 해줬다는 걸 아는 거야? 상위종인 펜릴 중에서도 특별종이니까 아주 똑똑한가 보구나. 다행이다. 건강해져도 적의는 없어 보여."

안심한 나는 문득 전신에서 힘이 빠져나가 바닥에 주저앉았다.

그러자 검은 펜릴이 휙 달려들었다.

그리폰도 질세라 나에게 달라붙었다.

기뻐진 나는 폭신하고 보들보들한 두 마리 사이에 끼어서 웃는 사이에…… 눈을 감았다.

◇ ◇ ◇

──어느새 잠들어버렸던 모양이다.

나는 매일 점심을 먹은 뒤에 낮잠을 자는데, 오늘은 점심을 먹은 뒤 그대로 성녀기사단에 왔었다.

배부른 상태에서 포근한 검은 펜릴을 안고 푹신한 그리폰의 품에 안기니까 전신이 따끈따끈해져서 잠이 쏟아진 거겠지.

덕분에 쾌적하게 잘 수 있었지만, 같이 잠들었던 두 마리가 갑자기 벌떡 일어나는 바람에 나도 덩달아 눈을 떴다.

눈을 뜨고 확인하자 내 오른쪽에서 검은 펜릴이 으르렁거렸다.

동시에 그리폰도 내 왼쪽에서 위협하듯 날개를 펼쳤다.

깜짝 놀라 두 마리가 노려보는 방향으로 시선을 주자 둥지 입구에 여러 쌍의 노란색 눈동자가 보였다.

"어? 펜릴 무리?!"

무심코 목소리가 나왔다.

놀라는 내 눈앞에는 어느새 펜릴이 잔뜩 모여들어 입구를 틀어막고 있었다.

이 그리폰 둥지는 깎아지른 벼랑에 난 구멍에 만들었는데, 벼랑 자체는 수직이 아니라 대각선이다.

펜릴만한 고위 마물이라면 이 벼랑을 타고 내려올 수 있겠지만…….

큰일이다. 세어 볼 필요도 없이 여러 마리의 펜릴이 모여 있다는 걸 알 수 있었다.

뒤쪽에 있는 펜릴은 보이지 않지만 분명 15마리는 넘을 거다.

하지만 왜 굳이 벼랑을 타고 내려오는 위험한 짓을 저지르면서까지 나타난 걸까. 의아해하고 있을 때 내 오른쪽 옆에서 낮게 으르렁거리는 소리가 들렸다.

검은 펜릴이다.

그 존재를 떠올리자마자 펜릴들의 목적이 검은 펜릴임을 이해했다.

그리고 실제로 펜릴들은 검은 펜릴만을 쳐다봤다.

애초에 검은 펜릴의 전신에 심한 상처가 있었던 건 이 펜릴들에게 당해서가 아닐까.

그렇다면 펜릴들은 검은 펜릴을 확실하게 죽이기 위해 집요하게 쫓아온 것이다.

"앗."

그때 불현듯 조금 전 시리우스 일행이 대치했던 마물 무리에도 펜릴이 섞여 있었다는 걸 깨달았다.

숲 깊은 곳에 사는 펜릴이 왜 나타난 건지 의아해했는데, 그 마물들도 검은 펜릴을 쫓아왔던 게 틀림없다.

"아니, 하지만, 동족인데……."

그런데도 펜릴들은 집단으로 검은 펜릴을 공격하고 있다.

애초에 검은 펜릴은 새끼니까 동족들에게는 지켜야 하는 대상일 텐데.

"어쩌지. 이렇게 많은 펜릴에게서 검은 펜릴과 그리폰을 지킬 방법을 모르겠어."

마물끼리 싸우는 것에 관여하는 게 아니라는 건 알지만, 검은 펜릴은 상처를 치유해줬더니 따랐고, 그리폰은 나를 자기 새끼라고 생각해서 돌봐주었다.

이 두 마리가 눈앞에서 다치는 모습은 도저히 볼 수 없을 것 같다.

하지만 그런 내 생각과는 반대로 검은 펜릴이 내 앞으로 걸어 나왔다.

그 모습을 본 나는 깜짝 놀라서 눈을 동그랗게 떴다.

"어? 마, 마물이 나를 감싸주는 거야?!"

마물에게 가장 소중한 건 자신이다.

그래서 기본적으로는 언제든 자신의 몸을 지키는 걸 우선하는데, 어째서인지 검은 펜릴은 나를 감싸듯이 앞으로 나서 펜릴들에게 이를 드러냈다.

아무래도 싸울 생각이 넘치는 모양이다.

어떻게 된 건지 놀라고 있었더니 황금색 그리폰도 질세라 내 앞으로 나섰다.

"어? 그리폰은 펜릴보다 약하잖아. 그런데 대결하려는 거야?"

그건 자연계에서는 통상 말이 안 되는 일이었다.

대체 무슨 일이 일어난 건지 눈이 휘둥그레져있는 사이에 펜릴 중 한 마리가 불쑥 달려들었다.

"앗!"

무심코 목을 움츠렸지만 검은 펜릴이 반격하듯 뛰어올라 그 목을 물어뜯었다.

그리고 펜릴을 비틀듯이 쓰러트리며 바닥에 착지했다.

"어!"

검은 펜릴이 착지한 것과 동시에 뚜둑하고 부자연스러운 소리가 들리더니 펜릴의 입에서 대량의 피가 흘렀다.

놀랍게도 아직 어린 검은 펜릴은 자신보다 몇 배나 더 큰 펜릴을 쓰러트린 것이다.

싸우는 걸 보면서 깨달은 사실이지만, 검은 펜릴이 펜릴보다 속도가 빠르고 힘이 강한 것 같았다.

조금 전까지 검은 펜릴이 상처투성이였던 상태와 쫓아온 펜릴들은 다치지 않은 것으로 보아 여태까지는 검은 펜릴보다 펜릴들이 압도적으로 강했을 것이다.

그런데도 지금은 검은 펜릴이 다른 펜릴들을 쓰러트릴 수 있을 만큼 강해졌다.

검은 펜릴은 짧은 시간에 이만한 힘을 획득한 셈인데, 그렇다고 친다면 이건 무시무시한 학습 속도였다.

그걸 펜릴들도 이해한 건지 두려움을 느낀 듯 몇 걸음 뒤로 물러났다.

하지만, ……그래도 적의 수가 너무 많아 보였다.

공포심에 쿵쿵 크게 뛰는 심장을 누르며 나도 싸워야 한다고 주먹을 쥐었다.

"조, 좋아, 이렇게 되면 이 딱딱한 '세라피나 펀치'를 쓸 수밖에 없어."

그렇게 자세를 잡고 있었더니 잇달아 펜릴들이 달려들었다.

"아, 아앗!"

필사적으로 주먹을 휘두르려고 했지만 몸이 굳어서 움직여지지 않는다.

그리고 내 앞에 펜릴이 도달하기 전에 검은 펜릴이 앞으로 나와 상대를 족족 날려버렸다.

어느새 연계하는 방법도 익힌 건지 바닥으로 내동댕이쳐진 펜릴을 향해 그리폰이 공격을 가했다.

그건 훌륭한 솜씨이기긴 했지만, 그래도 적의 수가 너무 많다.

한 마리를 쓰러트리는 사이에 다른 펜릴들이 검은 펜릴을, 그리고 그리폰을 공격해서 연신 상처가 생기기 시작했다.

두 마리의 마물은 순식간에 상처투성이가 되었다. 그래도 둘 다 내 앞에서 비키려고 하지 않았다.

명백하게 나를 지키고 있는 거다.

"아니, 어떻게……."

어떻게 해야 하는 거지.

지키라고 하고 내가 앞으로 나서봤자 이 두 마리처럼 싸울 수 있는 건 아니다.

그러니 내가 그들을 지켜줄 수 있는 것도 아니지만, 이대로는 이 두 마리의 상처가 늘어날 뿐이다.

"회복!"

주문을 외자 두 마리의 상처가 사라졌다.

하지만 그건 그때뿐. 두 마리는 바로 또 상처가 생기고, ……새 상처가 생길 때마다 고통도 느낀다.

그리고 그게 계속계속 반복된다.

"미안해……."

보호받는 내가 한심해서, 미안해서, 내 눈에서 눈물이 뚝뚝 흘렀다.

팔을 뻗으면 닿을 만큼 가까이 있기 때문에 검은 펜릴과 그리폰이 다칠 때마다 내 몸에도 통증이 느껴지는 것 같았다.

하지만 그건 착각이다. 다치는 건 이 두 마리뿐이다.

"……시리우스."

나는 고개를 숙인 채 눈물을 흘리며 나도 모르게 툭 중얼거렸다.

그것은 이리 와서 도와달라는 요청은 아니고── 그저 머릿속에 시리우스밖에 떠오르지 않았기 때문이다.

──시리우스는 다른 마물과 싸우고 있었다.

그리폰에게 납치된 나를 쫓아왔지만 놓쳐버렸고, 나는 멀리 이 장소까지 끌려왔다.

시리우스는 이 그리폰 둥지의 장소를 모른다.

그러니 나한테 와줄 수 있을 리 없다는 걸 알고 있지만── 그래도 이름을 불렀다.

조건이 너무 나빠서 아무도 나를 구해줄 수 없는 것 같지만, 그래도 구해주는 사람이 있다면, 그건 시리우스밖에 없을 테니까.

"시리우스! 시리우스!!"

그러자 곧바로 대답이 돌아왔다.

"세라피나!"

그건 바로 지금 내가 이름을 부르던 상대의 목소리였기 때문에 깜짝 놀라 고개를 들었다.

"어?"

둥지 입구에 사나운 표정을 지은 시리우스가 서 있었다.

나는 한 번 더 그의 이름을 부르려고 했지만…… 그 말은 목구멍에 달라붙어서 나오지 않았다.

왜냐하면 시리우스가 나를 확인하자마자 여태껏 본 적이 없는 표정을 지었기 때문이다.

그 표정을 보자마자 터무니없는 짓을 저지르고 말았다는 기분이 들었다.

시리우스는 순간 기도하듯이 눈을 감았다가 바로 눈을 떴다.

그러고는 무표정한 채 스르릉 검을 빼 들었다.

순간── 소리 없이 검이 번뜩인다 싶더니, 한 마리의 펜릴이 날카로운 비명을 지르며 날아갔다.

바닥에 떨어졌을 때 그 마물의 몸은 둘로 갈라져 있었다.

"시리우스……."

평소처럼 시리우스의 냉정하고 강한 모습을 보자 나는 이제 괜찮다는 안심감이 치밀어 올랐다.

동시에 술렁거리던 마음이 차분하게 가라앉았다.

그리고 냉정하게 주변을 둘러본 덕분에 내가 뭘 해야 하는지 보였다.

……그래, 맞아. 나는 성녀였지.

회복 마법을 거는 것 말고도 할 수 있는 일은 많이 있다.

그런데 시리우스의 모습을 보고 침착해질 때까지 나는 내가 할 수 있는 일이 있다는 것조차 깨닫지 못했다.

나는 고개를 들고 하늘을 바라보았다.

《세븐, 이리 와.》

정령의 언어로 그렇게 부르자 다음 순간 내 눈앞에 세븐이 나타났다.

《피, 무슨 일이야? ……어? 뭐야 이 상황! 어? 어째서 마물에 둘러싸여 있는 건데?!》

생글생글 웃으며 나타난 세븐은 주변에 있는 펜릴들과 그리폰을 보자마자 깜짝 놀라서 튀어 올랐다.

"으, 응, 그게 사정이 좀……. 그, 나중에 전부 설명할 테니까 지금은 같이 싸워줄래?"

《알았어!》

이해력이 빠른 세븐은 간결하게 대답한 뒤 즐겁다는 듯 웃었다.

그러고는 천장에 닿기 직전까지 올라가더니 내 마력에 정령의 힘을 실었다.

나는 한 손을 들고 검은 펜릴과 그리폰, 그리고 시리우스를 지정해 마법을 발동했다.

"회복!"

그 한마디에 함께 두 마리와 한 사람의 상처가 완전히 사라졌다.

시리우스는 분명 상당히 무리해서 내 곁으로 와주었을 것이다.

그의 옷은 여기저기 찢어져 있고 그 모든 부위에서 피가 흘렀으니까.

"《신체 강화》 공격력 1.5배! 속도 1.5배!"

순간 망설였지만, 지난번보다 강한 마법을 시리우스에게 걸었다.

이 자리에 있는 기사는 시리우스뿐이었지만 적인 펜릴은 아직 10마리 가깝게 남아있었으니까.

그리고 그래도 분명 시리우스는 이 자리에 있는 모든 마물을 혼자서 섬멸하려고 할 테니까── 내 안전을 확보하기 위해.

조금 전 시리우스는 명백하게 무리한 힘을 발휘하고 있었다──

펜릴처럼 딱딱한 마물을 인간의 힘으로 두 동강을 낼 정도의 어마어마한 힘을.

시리우스가 그런 식으로 무리해서라도 이 자리에 있는 마물을 제거하고 싶어 한다면 나는 성녀로서 할 수 있는 모든 힘을 빌려주고 싶다.

나는 검은 펜릴과 그리폰에게 시선을 돌렸다.

……이 두 마리에게도 신체 강화를 걸어주는 게 가능할까?

──아마 가능하겠지.

하지만 마물은 자립적이고 기본적으로 자신의 힘만을 믿으니까 남이 힘을 부여하는 걸 싫어할지도 모른다.

게다가 힘을 부여했다가 무슨 일이 일어난 건지 이해하지 못해서 강화된 힘을 제대로 사용하지 못할 수도 있고, 오히려 평소 같은 힘조차 발휘하지 못하게 될 우려가 있다.

불확실한 요소가 너무 많으니까, 망설이긴 했지만 두 마리에게는 이 이상 마법을 걸지 않기로 했다.

무엇보다 시리우스가 참전한 덕분에 지금보다 더 큰 전력은 필요하지 않고…….

나는 두 손을 꾹 움켜쥔 뒤 한 번 더 시리우스에게 시선을 주었다.

──내가 아는 한 펜릴은 기사가 혼자 쓰러트릴 수 있는 마물이 아니다.

그럼에도, 믿기지 않게 시리우스는 펜릴을 잇달아 쓰러트렸다.

그 옆에는 검은 펜릴과 그리폰이 협력하며 펜릴을 쓰러트렸다.

물론 펜릴의 수가 많았기 때문에 한 명과 두 마리는 그 후에도 계속 다쳤지만…… 그래도 어느새 시리우스가 마지막 펜릴을 검으로 꿰뚫었다.

시리우스가 검을 빼자 철퍽, 하는 소리와 함께 마지막 한 마리가 바닥으로 쓰러졌다.

나는 옷의 가슴께를 움켜쥐고 조심조심 그 자리를 둘러보았다.

그리고 구멍 안에 서 있는 게 시리우스, 나, 검은 펜릴, 그리폰뿐이고 모든 펜릴은 바닥에 쓰러져있다는 걸 확인했다.

산 건가. 하지만 아직도 몸은 딱딱하게 굳었고 목소리도 나오지 않았다.

하지만 시리우스가 검에 묻은 피를 털고 검집에 돌려놓는 모습을 보자 몸의 경직이 조금 풀리는 것 같았다.

시리우스…… 하고 이름을 부르려 했으나 입을 열기만 했을 뿐 내 목소리는 목구멍까지 올라온 상태에서 삼켜버렸다.

왜냐하면 시리우스가 성큼성큼 걸어오더니 나를 번쩍 안아 들고 꽉 끌어안았기 때문이다.

"꾸엑!"

시리우스는 훌륭한 기사다.

그것도 신체 강화 마법이 걸려있다.

그런 기사가 열렬하게 끌어안으면 짜부라진다.

따라서 내 입에서는 뭉개진 개구리 같은 목소리가 나왔다. 진짜로 짜부라질 뻔했다.

그러자 시리우스는 바로 정신을 차린 건지 당황하며 힘을 풀었다.

"세라피나, 괜찮아?!"

"스읍, 하아, 하아, 하아, 하아아아. 공기가, 맛있어."

시리우스는 새빨개진 내 얼굴을 미안해하며 내려다본 후 곧바로 그 잘생긴 얼굴을 일그러트렸다.

"세라피나, 용케 무사했구나! 네게 무슨 일이 있었다면…… 나는……."

《무슨 일이 일어날 리 없잖아! 내가 있으니까!》

내가 부를 때까지는 시리우스보다 더 멀리 있었던 세븐이 그럴싸한 소릴 했다.

세븐이야말로 내가 부를 때까진 낮잠이라도 자고 있었을 텐데…… 하는 생각을 하면서도 세븐이 있으니 언제든 안심할 수 있다는 건 사실이므로 생긋 웃었다.

"맞아, 세븐. 고마워! 네 덕분에 오늘도 다들 무사했어."

그러자 세븐은 무언가를 느낀 듯 흠칫 놀란 모습으로 먼 곳에 시선을 던지더니 평소보다 빠른 어조로 대답했다.

《천만에! ……응, 뭐, 피를 봐서 오늘은 용서해줄게. 그럼 나는 돌아간다.》

그러고는 대답도 기다리지 않고 사라졌다.

시리우스가 의아하다는 듯 질문했다.

"네 장난꾸러기 정령은 어디 갔지?"

세븐치고는 드물게도 하고 싶은 말의 반도 하지 않고 어디론가 사라진 게 의문인 모양이다.

여태까지 세븐은 시리우스에게 불만이 있을 때는 매번 손발을 퍼덕거리면서 시리우스 주변을 오랫동안 날아다녔으니까.

"아마 성의 정원으로 돌아간 거겠지. 성녀들의 정령을 만나기 싫은가 봐."

"그렇구나."

시리우스는 작게 고개를 끄덕이며 지친 모습으로 대답했다.

나는 여전히 시리우스의 품속에 있었다.

그래서 감사를 담아 이번에는 내가 시리우스를 꼭 끌어안았다.

"시리우스, 구하러 와 줘서 고마워! 덕분에 다들 살았어."

여기서 '다들'이라고 말한 건 나와 검은 펜릴과 그리폰이다.

하지만 웃는 나와는 대조적으로 시리우스는 먹구름처럼 어두운 표정이었다.

"……아니, 네가 이 둥지로 끌려가기 전에 나는 너를 구출해야 했어. 여기까지 끌려온 것 자체가 내 실책이야."

시리우스는 진심으로 속상한 건지 얼굴을 일그러트리면서 대답했다.

"그렇지 않아! 끌려간 건 내가 성녀들의 전투를 떨어진 장소에서 본 게 원인인걸."

그러니 시리우스는 조금도 책임이 없다고 했지만, 시리우스가 반론했다.

"아니, 너를 그렇게 떨어진 장소에 두면 안 되는 거였고, 네 옆에 기사를 한 명 둬야 했어."

"으으, 시리우스는 머리가 좋으니까 다양한 것까지 생각할 수 있겠지만 그것 자체가 대단한 거고, 그건 앞으로 살리면 되는 거야. 지난 일을 끌어와서 이렇게 해야 했다고 반성할 때 쓰는 게 아니라."

머리가 좋고 책임감이 강한 사람은 고생이 많다고 생각하며 나는 시리우스의 목에 매달렸다.

"시리우스, 당신이 올 때까지 나는 울었어. 하지만 시리우스가 와서 웃을 수 있었어. 시리우스, 고마워! 당신이 '천만에'라고 하면서 자기 공적을 인정할 때까지 나는 열 번이고 백 번이고 고맙다고 할 거야!"

"세라피나, 나는……."

"시리우스 고마워! 시리우스 고마워! 시리우스 고마워! 시리우스 고마워! 시리우스……."

"알았어, 세라피나! 그…… 천만에."

시리우스의 대답에는 감정이 실려 있지 않아서 자신의 공적을 인정하는 것처럼 보이진 않았다.

하지만 나는 그 부분을 건드리지 않고 생긋 웃었다.

"시리우스, 나를 구해줘서 고마워! 당신은 내 반짝반짝 기사야."

내 말을 들은 시리우스는 난처한 듯 눈꼬리를 내렸다.

"내가? 나는 오늘처럼 내가 무력하고 약속 하나도 지키지 못하는 한심한 기사라고 생각한 적이 없는데."

"약속?"

무슨 약속을 했었던가? 고개를 갸웃거리자 시리우스는 진지한 표정으로 고개를 끄덕였다.

"그래, 내가 널 렌트 숲에서 데리고 나온 장본인이지. 그래서 나는 그 숲에서 기사로서 네게 맹세했어. 그곳에서 느끼던 행복과 같은 수준의 행복을 제공하겠다고. 네 눈에 아름다운 것만을 보여주겠다고. 그런데도 오늘의 내가 네게 준 것은 불안과 공포뿐이야."

"시리우스도 참!"

나는 깜짝 놀라 시리우스를 바라보았다.

시리우스는 정말로 성실하고 책임감이 강하구나.

"시리우스, 확실히 여러 마리의 펜릴이 공격할 때는 무서웠지만 시리우스가 와 줘서 안심했어. 게다가 행복을 준다거나 아름다운 것만을 보여준다거나 하는 건 정말로 좋은 것만 주는 건 아니잖아?"

"뭐?"

놀라는 시리우스에게 내가 더 놀랐다.

"어? 하지만 그런 건 불가능한걸. 으음, 예를 들어 어제 먹은 저녁 식사 말인데, 좋아하는 거랑 싫어하는 게 다 있었어. 하지만 좋아하는 게 더 많이 있었으니까 먹고 난 뒤에는 맛있었다는 생각만 들었지. 즉 그런 거야. 싫은 일이나 슬픈 일이 조금 일어나도 즐겁고 행복한 일이 많으면 그걸로 충분해."

나는 열심히 설명했는데도 시리우스는 고개를 저었다.

"세라피나, 내가 너에게 주고 싶은 건 그런 조촐한 게 아니야."

완강하게 자신의 의견을 굽히려 하지 않는 시리우스의 기사복을 잡아당긴 뒤 나는 그의 귓가에 입을 가져갔다.

그러고는 작은 목소리로 비밀 이야기를 속삭였다.

"시리우스, 나는 성녀로서 당신을 지키고 싶어. 그러니까 이건 비밀인데, 당신이 잘 지내면 그것만으로도 행복해."

그리고 이건 더 비밀이지만, 결심했다.

열심히 훈련해서 훌륭한 성녀가 되면 아무리 어리다고 해도 당신을 지키는 성녀가 될 거라고.

"세라피나!"

내가 마음속으로 중얼거린 말은 들리지 않았을 텐데도 시리우스는 내 이름을 부르며 충격을 받은 듯 굳었다.

귓가에서 입을 떼고 그의 얼굴을 살펴보자 놀란 건지 눈을 크게 뜨고 있었다.

"……시리우스?"

말을 걸자 그는 내 등에 감고 있던 팔을 하나 거두고 그 손으로 얼굴을 덮었다.

"너는…… 역시 정령 같은 거야. 너무하잖아. 나는 왕국 각수 기사단 부총장인데 너에게는 계속 지기만 해. 그 패배가 나를 구원해주니 어떻게 할 수가 없어."

"시리우스?"

무슨 말을 하는 건지 이해할 수 없어 고개를 갸웃거렸으나 시리우스는 한 손으로 얼굴을 덮은 채였기에 내가 당황한 걸 눈치채지 못한 모양이었다.

시리우스는 그 자세 그대로 말을 이었다.

"나는 구원받았고, 마음이 벅차오르지만, ……네게 이득이 뭔지 모르겠어. 오히려 내가 너를 놓지 못하게 될지도 모른다는 단점밖에 안 떠올라. 아아, 역시 납치범은 나인 건지도 몰라."

그건 예전에 왕성 복도에서 시리우스가 했던 말이었다.

『왕이나 왕비에게 못 들었어? 너무 귀여우면 납치범에게 납치당하니까 조심하라고.』

물론 그 말은 농담이었기에 둘이 같이 웃었지만, ⋯⋯시리우스는 나를 납치하고 싶을 만큼 귀엽다고 생각하는 건가?

듣기 좋게 해석하자 기뻐진 나는 생긋 웃었다.

"그건 시리우스와 계속 같이 있을 수 있다는 거야? 그럼 나에게도 좋은 일이야!"

"세라피나, ⋯⋯나를 부추기는 건 거기까지 해."

시리우스는 신음하듯 그렇게 말하더니 크게 고개를 저은 후 나를 바닥에 내려놓았다.

그러고는 마치 무언가 주문이라도 되는 것처럼 같은 말을 되풀이했다.

"명심해. 나는 왕국 각수 기사단 부총장이야. 왕국 각수 기사단 부총장이라고."

그러는 사이에 검은 펜릴과 그리폰이 재빨리 내 옆으로 다가왔다.

검은 펜릴은 내 품 안으로 폴짝 뛰어들었기에 나는 기뻐하며 검은 펜릴을 꼭 끌어안았다.

그러자 내 부스스한 머리카락을 그리폰이 부리로 다듬어주었다.

두 마리의 행동을 가까운 거리에서 신중하게 살펴보던 시리우스가 결국 참을 수 없게 된 건지 입을 열었다.

"세라피나, 그 두 마리는 뭐지? 전투 중에 너를 감싸는 모습을 봤으니까 마물이라는 걸 알면서도 베지 않았지만, ……'적의 적은 아군'이라지만 말 그대로 아군인 건 아닐 텐데."

"으음, 시리우스……."

그래. 알고 있다.

전투 중 이 두 마리가 나를 감싸면서 펜릴을 공격하는 걸 알아차린 시리우스가 두 마리에게는 손을 대지 않았다는 사실을.

한편으로는 전투 후에 두 마리에게서 나를 떼어놓듯이 안아 들어 경계심을 풀지 않았다는 걸 보여주었음을.

그리고 지금도 시리우스의 손은 당장이라도 공격할 수 있도록 검 손잡이에 올라가 있다는 것을.

따라서 시리우스는 아직 두 마리를 믿지 못하고── 이 두 마리가 공격할 때를 대비해 경계심을 늦추지 않고 있다는 건 알고 있었다.

그러니 나는 시리우스에게 이 두 마리는 동료라는 걸 제대로 설명하고 이해시켜야만 한다.

안심시키듯 좌우에 선 두 마리의 마물을 각각 바라본 후 나는 두 손을 꼭 모아서 시리우스를 향해 입을 열었다.

"이 황금색 그리폰은 나를 죽은 자기 새끼 대신 아껴주었어. 그리고 검은 펜릴은 상처를 치유했더니 나를 따르게 됐어. 두 마리 모두 나를 감싸며 펜릴들과 싸워줬지."

"그랬군……. 하지만…………."

시리우스는 무어라 말을 하려고 했으나 그때 둥지 밖에서 걱정하는 목소리가 울렸다.

"시리우스 부총장님, 무사하십니까?!"

"그 구멍 안에 계시는 거죠? 지금 가겠습니다!!"

"세라피나 님, 조금만 더 기다려주세요!!"

""부총장님! 세라피나 님!!""

그건 조금 전에 헤어진 아다라 단장과 미르파크 부단장, 그리고 세 기사의 목소리였다.

"드디어 왔나."

시리우스가 그렇게 말하고 나를 끌어안았기에 나도 급하게 바닥으로 손을 뻗어 검은 펜릴을 껴안았다.

그런 나를 보고 시리우스는 뭐라 말하고 싶은 듯한 표정을 지었으나 말을 삼키고는 성큼성큼 구멍 입구로 향했다.

그 뒤로 그리폰이 저벅저벅 따라갔다.

구멍에서 얼굴을 내밀자 벼랑 아래에 있던 다섯 명이 환호성을 질렀다.

""무사하셨군요!!""

호들갑스러울 정도로 기뻐하는 모습을 보며 크게 걱정 끼쳤다고 미안한 마음이 들었다.

그러는 사이 시리우스는 기사복의 단추를 풀기 시작했다.

아무래도 나를 기사복 안에 넣고서 안아 든 채로 벼랑을 타고 내려갈 생각인 모양이다.

"어? 그럼 시리우스가 피곤할 텐데."

"훗. '위험한' 게 아니고 '피곤한' 거냐. 조금은 믿어주는 건가?"

그런 말을 하는 시리우스를 어이없다는 눈으로 바라본 뒤 나는 그리폰에게 고개를 돌렸다.

"그리폰아, 피곤할 텐데 미안하지만 아래까지 내려가는 걸 도와줄래?"

그러자 그리폰은 고개를 끄덕였다.

나는 기뻐하며 시리우스를 올려다보았다.

"시리우스, 그리폰이 아래까지 내려가는 걸 도와준다나 봐."

"……농담이지? 너는 언제부터 마물과 대화할 수 있게 된 건데?"

"어?"

믿어지지 않는다는 표정으로 쳐다보는 시리우스를 보니 아무래도 나는 오해받은 모양이었다.

내가 세븐과 대화할 수 있으니까 정령만이 아니라 마물과도 대화할 수 있게 되었다고 착각한 듯 했다.

당연히 마물이 내 말을 알아들을 리 없으니 막연하게 통하고 있다는 느낌이 들 뿐이지만…… 솔직하게 말했다간 시리우스는 절대로 이 '느낌'을 믿어주지 않을 테니까…….

"우후후, 오늘은 날씨가 아주 좋으니까 많은 걸 할 수 있게 되었나 봐."

따라서 나는 시리우스에게서 시선을 돌리고 엉뚱한 대답을 돌려주었다.

그러자 평소에도 자주 엉뚱한 대답을 했던 지금까지의 행실이 빛을 본 건지 시리우스는 '그런가' 하고 중얼거리더니 내 제안을 받아들였다.

그 후 시리우스는 검은 펜릴을 안은 나를 한쪽 팔로 안은 뒤 하늘로 날아오른 그리폰의 발을 반대쪽 손으로 붙잡았다.

"허억?!"

"으으으응??!"

그 광경을 본 벼랑 아래에서 괴성이 여럿 터졌다.

그들이 보기에는 그리폰은 나를 납치해간 적이니 대체 뭘 하고 있는 건지 놀랄 만도 하지.

하지만 그리폰은 아랑곳하지 않고 원을 그리듯이 허공을 돌며 우아하게 날갯짓한 뒤 천천히 땅으로 내려갔다.

지면까지 몇 미터 정도 높이가 되었을 때 시리우스는 그리폰을 잡고 있던 손을 놓고 두 손으로 나를 고쳐 안으며 안정적으로 풀밭 위에 착지했다.

그러자 다들 환호성을 지르며 달려왔다.

그 기세에 놀란 건지 시리우스가 나를 바닥에 내려놓자마자 검은 펜릴은 내 품 안에서 뛰어내려 조금 떨어진 곳으로 달려갔다.

"부총장님, 세라피나 님. 무사하셔서 다행입니다!"

"아아, 정말 다행이에요!!"

기사도 성녀도 진심으로 안도한 표정으로 기쁨에 찬 목소리를 건넸다.

그런 식으로 기쁨을 드러내는 사람들 사이에 있자 그들이 나를 얼마나 걱정했는지 새삼 이해하고는 미안해서 눈꼬리를 축

내렸다.

"걱정 끼쳐서 정말 죄송합니다! 내일부터는 밥을 많이 먹어서 그리폰이 쉽게 들지 못하도록 무거워질게!"

내가 할 수 있는 최선의 방법을 제안했으나 아다라 단장이 막았다.

"그리폰이 들지 못할 만큼 무거워지기 전에 배탈이 날 테니까 하지 마십시오."

그 후 아다라 단장이 미르파크 부단장과 함께 머리를 숙였다.

"세라피나 왕녀 전하, 여태까지 저지른 무례를 진심으로 사죄드립니다."

숨겼던 이름을 대놓고 말하는 두 사람에게 깜짝 놀랐다.

"어? 나는 세라피나 왕녀가 아니야. 시리우스의 친척 세라피야."

시리우스에게 신분을 숨긴다고 약속했던 걸 떠올린 나는 당황하며 부정했다.

그러자 아다라 단장은 '그 시리우스 부총장님이……' 하며 말을 이었다.

"시리우스 부총장님이 전하를 몇 번이나 '세라피나'라고 부르셨습니다."

"……애칭이 '세라피나'인 세라피야."

애칭이 더 긴 사람도 있는 건지 의문을 느끼면서도 주장해봤다.

하지만 아다라 단장은 지극히 냉정한 표정으로 말을 이었다.

"부총장님께선 친척이 몹시 적은 분이시기에 왕국 내에 존재하는 부총장님의 '친척'은 왕족뿐입니다. 당신께서 정말로 왕족일

거라고는 생각지 못했기에 부총장님께서 당신을 '친척'이라고 소
개하셨을 때는 저희를 신뢰하지 못해서 거짓말을 하시는 거라고
생각했죠. 그것이 분하여 전하께 무례한 태도를 보였습니다. 진
심으로 죄송합니다."

……어? 즉 처음부터 내 정체를 의심했었다는 거야?

그리고 이미 수습할 수 없다는 거야?

"…………왕족 세라피나입니다. 제2왕녀입니다."

이 이상 저항해봤자 소용없다는 걸 깨달은 나는 순순히 항복
했다.

꾸벅 머리를 숙이자 아다라 단장과 미르파크 부단장, 그리고
세 명의 기사도 마찬가지로 머리를 숙였다.

그 후 아다라 단장과 미르파크 부단장이 다가와 가까운 거리에
서 시리우스의 전신을 살펴본 후 한숨을 쉬었다.

"부총장님의 기사복은 여기저기 찢어져 있는데 상처 하나 없군
요. 이건 세라피나 전하께서 마법으로 치유하신 겁니까?"

"어? 아, 응."

시리우스에게서는 사전에 얌전히 있으라는 말을 들었지만, 회
복 마법은 모든 성녀가 사용할 수 있는 거니까 인정해도 문제없
겠지.

그렇게 생각해서 고개를 끄덕이자 믿어지지 않는다는 듯 눈을
크게 떴다.

"정말 대단한 힘이군요. 시리우스 부총장님께선 쫓아온 마물을
최대한 치워버린 후 저희의 회복 마법을 받지도 않고 전하께 달

려가셨습니다. 부총장님의 상처는 아주 심한 상태였는데 세라피나 님께선 정령을 부르지도 않고, 그리고 아직 이렇게나 어리신 나이에 그 모든 상처를 치유하셨군요."

"어? 그, 아니, ……네."

실제로는 세븐을 불렀지만, 처음에는 세븐을 부르지 않고 검은 펜릴과 그리폰을 치유했으니 아예 틀린 말은 아닌 건지도 모른다는 생각에 부정하지 않았다.

그러자 아다라 단장은 한손을 가슴에 올리고 정면으로 나를 바라보았다.

"다시금 큰 무례를 저지른 것을 사죄드립니다. 독학으로 터득하셨음에도 이토록 고도의 회복 마법을 발휘하실 수 있다는 건 어지간한 노력과 재능으로는 불가능하죠. 그런데도 저희를 찾아와주시다니 대단한 영광입니다. 전하의 시간이 허락하신다면 다른 날에라도 저희의 마법을 보아주시길 청합니다."

"어? 고마워! 꼭 올게!!"

나는 나도 모르게 아다라 단장에게 걸어가 그 손을 꼭 붙잡았다.

그러자 단장이 피식하고 상큼한 미소를 지었다. ……그 순간 시리우스가 나를 안아 들었다.

"오해가 풀린 모양이니 다행이군. 세라피나의 신분을 숨긴 이쪽도 잘못이 있지만, 앞으로는 다양한 가능성을 고려해서 조금 더 신중하게 대응하도록. 너희의 태도는 도저히 왕족을 대하는 것이 아니었다."

시리우스의 단호한 목소리에 아다라 단장과 미르파크 부단장은 말없이 고개를 숙였다.

"반면 세라피나, 너는 훌륭하구나. 제대로 내가 한 말을 지켜서 숨겨야 하는 것은 숨기려고 끝까지 노력했으니 만점을 주마."

"어? 시, 시리우스?"

아니, 아무리 내가 어리다고는 해도 시리우스는 나에게만 너무 무른 게 아닐까. 하지만 그걸 지적하기 전에 한 기사가 안고 있는 붉은 덩어리가 시야에 들어왔다.

"어?"

기사의 품 안에 있는 건 빨간색의 새끼 그리폰이었다.

"그 애는 뭐야?"

"아, 이곳에서 조금 떨어진 장소에 웅크리고 있었습니다. 아마도 둥지에서 떨어진 것 같은데, 방향감각이 안 좋은 개체인지 점점 둥지에서 멀리 갔던 모양입니다. 그대로 둥지 아래에 있었다면 어미가 찾으러 왔을 텐데요."

기사의 대답을 들으며 나는 과연 그랬을까 하는 의문을 느꼈다.

만약 그대로 그 장소에 있었다면 벼랑을 달려 내려온 검은 펜릴에게 잡아먹혔을지도 모른다.

애초에 검은 펜릴의 공격에서 어떻게든 도망쳐 나온 것일 테니까.

그러니 이 아이는 아주 똑똑한 아이라서 생명의 위험으로부터 멀어지려 한 건지도 모르지.

"아마도 세라피나 님을 납치한 그리폰의 새끼로 추정되었기에 그리폰을 협박할 재료로 삼으려고 데려왔습니다."

"어? 아, 안 돼!"

나는 허둥지둥 시리우스의 품 안에서 뛰어내려 기사에게 달려가 새끼를 빼앗았다.

그 후 조금 떨어진 곳에 있던 그리폰에게 달려가 새끼를 내밀었다.

그러자 그리폰은 깜짝 놀란 듯 나와 새끼를 번갈아 쳐다봤다.

나는 그리폰을 안심시키려고 새끼를 발밑에 내려놓았다. 그러자마자 새끼는 쏜살같이 어미에게 달려가 높은 목소리로 삐이삐이 울기 시작했다.

그런 새끼의 엉망이 된 머리를 그리폰이 부드러운 눈빛으로 천천히 다듬어주었다.

두 마리의 화목한 모습을 본 나는 기쁨과 안도의 한숨을 쉬었다.

"잘 됐다. 새끼가 무사해서 정말 다행이야."

자 그럼…….

나는 조금 떨어진 곳에 잇는 검은 펜릴에게 시선을 옮기고 그 앞으로 걸어갔다.

그러고는 검은 펜릴의 머리를 쓰다듬은 뒤 말을 걸었다.

"검은 펜릴도 고마워. 우리는 집에 돌아갈 거니까 이 숲에서 씩씩하게 잘 살아야 해."

"……세라피나."

그러자 내 뒤에 딱 붙어있던 시리우스가 입을 열었다.

"네게 도움을 준 마물이다. 이대로 내버려 두고 싶은 마음은 있지만, 마물은 어디까지나 마물. 인간에게 해를 끼치는 존재야. 그리폰은 그렇다 쳐도 검은색 마물은 '대재앙'이야. 쉽게 놓아줄 수 있는 상대가 아니지."

시리우스의 완강한 태도를 앞에 두고 나는 열심히 호소했다.

"하지만 시리우스, 이 아이는 나를 구해줬는걸. 그러니까 한 번만 눈감아줄 수는 없을까?"

"세라피나. 너도 눈치챘겠지만 펜릴은 자신들의 안전지대인 심연의 땅에서 나오기까지 해가며 이 검은 펜릴을 쫓아왔어. 그건 아마도 이 검은 펜릴이 장래에 펜릴 전체의 위협이 될 수 있기 때문이야."

"……그래."

나도 비슷한 생각을 했었기에 동의하는 뜻으로 고개를 끄덕였다.

그런 나에게 시리우스는 설득하기 위한 말을 이어갔다.

"보통 펜릴은 무리를 지어 새끼를 키우지. 하지만 이 검은 펜릴은 태어난 순간부터 그 관습을 깨트릴 정도의 공포를 무리에게 가져온 거야. 그러니까 펜릴들은 검은 펜릴을 죽이려고 했지. 그런데도, ……검은 펜릴은 이제 막 태어난 몸인데도 이곳까지 도망쳤어."

시리우스가 무슨 말을 하고 싶은 건지는 안다.

이렇게 어린데도 어른 펜릴과 대등하게 싸웠으니 성장한 검은 펜릴이 얼마나 강력해질지 걱정하는 마음은 충분히 이해할 수 있다. 하지만…….

"시리우스, 이 애들은 아주 똑똑해! 내가 한 말을 이해할 수 있으니까 절대로 사람을 공격하지 말라고 할게. 그러니까 제발!"

"세라피나."

"하지만 나는 성녀인데! 이 두 마리에게 마법을 걸었던 건 구하기 위해서라고……."

필사적으로 호소하자 시리우스는 무표정으로 침묵을 지켰다.

그런 시리우스에게서 시선을 돌리지 않고 있자 그는 졌다는 듯 한숨을 쉬었다.

"……너는 정말로 성녀답구나. 상대가 누구든 치유하려고 하고, 치유한 상대를 구하려고 해."

"시리우스."

"한 번뿐이야. 다음에 만나면 반드시 토벌할 거다."

시리우스는 검에서 손을 떼고는 포기했다는 듯이 말했다.

나는 폴짝 뛰어서 시리우스를 껴안았다.

"고마워, 시리우스!!"

마물은 사람에게 해를 끼친다.

그리고 시리우스는 기사로서 사람들을 지키기 위해 마물을 토벌한다.

그런 시리우스가 마물을 쓰러트리려고 하는 건 당연한 일이다.

하지만…… 이 검은 펜릴과 그리폰은 적의를 보이지 않고 나를 구해주었다.

그렇다면 나도 한 번은 같은 걸 돌려줘야 한다.

게다가 원래 펜릴도 그리폰도 숲이나 산속 깊은 곳에 사니까 사람들이 사는 곳으로 나오지도 않고, 그렇기 때문에 사람을 공격하는 일도 없다.

그리고 이 두 마리는 내 말을 막연하게 이해하는 듯한 느낌이 드니까 말하면 이해해줄 것이다.

나는 검은 펜릴을 바라보며 그 앞에 천천히 쪼그려 앉았다.

그런 내 목에 검은 펜릴이 어리광을 부리듯 코를 들이밀었기에 나는 그 푹신푹신한 목덜미를 정중히 쓰다듬었다.

"나를 구해줘서 고마워. 너와 친구가 되어서 아주 기뻤어. 그리고 미안해. 이제부터 너는 혼자서 살아야 해. ……검은 펜릴아, 하나만 약속해줘. 절대 사람을 공격하지 마. 그러면 우리는 계속 친구일 수 있어."

검은 펜릴은 망설임 없이 '**워웅!**' 하고 대답했다.

그 빨간 눈동자는 나를 똑바로 바라보고 있었기에 검은 펜릴이 내가 한 말을 이해하고 받아들인 것 같다는 기분이 들었다.

"고마워."

그래서 나는 고맙다고 인사한 뒤 검은 펜릴의 딱딱한 머리 부분을 쓰다듬었다.

"검은 펜릴아, ……강하게 살아야 해."

그러자 검은 펜릴은 헤어진다는 걸 이해한 건지 하늘을 올려다보고 한 번 크게 울었다.

"**워우──웅!**"

그러고는 돌아보지 않고 숲속 깊은 곳으로 달려갔다.

──자연계는 약육강식이다.

아무리 검은 펜릴이 강하다고 해도 외톨이인 새끼가 무사히 살아남을 수 있다는 보장은 없다.

그래도 건강하게 잘 지내길 마음속으로 기도했다.

그 후 그리폰 모자에게도 마찬가지로 부탁한 뒤 작별 인사를 했다.

황금색 그리폰과 빨간색 새끼는 내가 한 말을 이해한 듯 고개를 끄덕이고는 둥지로 돌아갔다.

마물들이 사라지자마자 그 자리에는 뭐라 말할 수 없는 침묵이 흘렀다.

그런 침묵을 깬 건 역시나 명랑한 기사 중 한 명이었다.

"뭐라고 해야 하죠. 오늘 일어난 일이 전부 너무 비상식적이라서 무슨 상황인지 이해하는 것도 힘들어요!"

하지만 말과는 반대로 그 기사의 표정은 재미있는 경험이었다는 양 반짝반짝 빛나고 있었다.

마찬가지로 즐거운 표정인 기사가 크게 고개를 끄덕여 동의했다.

"그래, 세라피나 님께서 마물에 납치되자마자 시리우스 부총장님께서 흉악한 펜릴을 마치 최약체 마물이라도 되는 것처럼 싱겁게 베어버리며 달려가셨지. 그것만으로도 놀라운 일인데 심지어 그리폰 변이종을 줍고, 검은색 마물을 만나고, 그 녀석들을 놓아주고……. 단적으로 표현해도 '혼란의 극치'라니까!"

또 다른 기사가 이어서 입을 열었다.

"아니, 내가 제일 놀란 건 세라피나 님께서 마물에 납치되면서도 '나는 절대 안 잡아먹히니까 괜찮아──!!'라고 소리친 부분이지. 보통은 무서워서 울어야 하지 않냐고."

그 순간 시리우스의 뺨이 꿈틀거렸다.

"맞는 말이야. 세라피나는 대체 무슨 근거로 그런 말을 한 건지 숲을 달리는 동안 내내 생각했었는데."

시리우스가 나를 빤히 쳐다보았다.

"세라피나, 제대로 설명해줘야겠다."

"윽."

세븐이 직접 전수한 춤을 보여주면 좋지 않은 일이 일어날 것 같은 느낌이 들어서 머뭇거리자 시리우스가 문득 웃기다는 듯이 미소 지었다.

"하지만 그건 지금이 아니지. 너는 무사히 돌아왔으니까 다른 건 서두를 필요도 없어. 그럼 돌아갈까."

""""네!""""

시리우스의 제안에 다들 동의했다.

하지만── 그리폰 둥지는 숲속 깊은 곳에 있었기 때문에 출구로 이동하려면 제법 먼 거리를 걸을 필요가 있었다.

따라서 내가 피곤할 걸 걱정한 시리우스가 안아 들려고 했지만 나는 두 팔을 들어 제지했다.

"시리우스는 많이 싸워서 피곤하니까 내 발로 걸을 거야."

"하지만 숲 입구까지는 거리가 있어. 네 다리로는 너무 멀어."

걱정하며 쳐다보는 시리우스에게 나는 밝은 목소리로 대답했다.

"그렇지! 하지만 다 함께 걸어서 돌아가는 건 피크닉 같아서 즐거운걸."

그러자 어째서인지 전원이 무시무시한 말을 들었다는 듯 튀어올랐다.

""""피크닉!!""""

그건 숲 입구에서 미르파크 부단장이 '오늘 일은 세라피 양 안에서는 피크닉에 갔다는 정도의 기억이 될 테니까요.'라고 발언한 것에 기인했지만, ──그때 시리우스는 딱 잘라 반박했다.

『……세라피 안에서 오늘의 기억이 피크닉으로 남는다면 그건 내 실력과 너희들의 마법이 이 숲의 풍경보다 인상적이지 못했다는 거겠지! 그 경우 나라면 내 실력을 부끄러워할 거다!』

따라서 그때의 대화를 기억하고 있던 시리우스는 난감하다는 듯 하늘을 우러러보았다.

"……알았다. 나는 내 실력을 부끄러워하도록 하지."

──그로부터 2주 후.

나는 왕성에 있는 내 정원에서 구멍을 하나 발견했다.

그건 마침 내가 기어서 통과할 수 있을 만한 수준의 크기였기 때문에 호기심에 져서 엉금엉금 기어갔더니…… 구멍 안에는 그 검은 펜릴이 있었다.

"어어?!"

깜짝 놀라는 나를 향해 검은 펜릴은 기쁘다는 듯 꼬리를 흔들며 달려들었다.

그러고는 내 위에 올라타서 얼굴을 핥아댔다.

……어쩌지.

하지만 눈앞에서 열심히 꼬리를 흔드는 검은 펜릴은 아주 귀여 웠다.

이 아이는 부정의 여지 없는 마물이지만, 그래도 나에게 나쁜 짓은 안 하잖아?

그렇게 생각하며 포근하고 복실복실한 목에 꼬옥 매달렸다.

……나는 둔감한 타입이니까 이 넓은 정원에 새끼 늑대 한 마 리가 들어왔다고 해도 눈치채지 못하겠지.

──그렇게 혼자 결론을 내린 나는 시리우스에게도 누구에게도 말하지 않은 채 검은 펜릴의 존재를 계속 눈치채지 못한 척했다.

세라피나의 결단과 시리우스의 맹세

성녀기사단을 방문한 다음 날, 나는 움찔거리면서 하루를 보냈다.

왜냐하면 '성녀들의 전투법을 공부하겠어!'라고 의욕에 차서 데려가달라고 했는데도 불구하고 홀랑 마물에게 납치되는 바람에 전투를 제대로 견학하지 못했기 때문이다.

시리우스에게서 잔소리를 잔뜩 들을 게 틀림없다고 각오를 다졌다.

하지만 의외로 그는 나를 전혀 혼내지 않았다.

오히려 시리우스와 세 번이나 만났는데도 전날 일은 입도 벙긋하지 않았다.

시리우스는 의외로 마음이 넓었구나. 그냥 눈감아주기로 한 것 같다고 판단한 나는 그날 밤 시리우스의 방에서 기분 좋게 과자를 먹으며 책을 읽고 있었다.

그러자 시리우스가 '맞다' 하며 마치 지금 막 떠올랐다는 듯 입을 열었다.

"그런데 세라피나, 후학을 위해 가르쳐줘. 어제 그리폰에게 납치당했을 때 '나는 절대 안 잡아먹히니까 괜찮아'라고 말했었잖아. 그 말은 무슨 근거로 나온 거지?"

"먀흥!"

그때 나는 떠올렸다.

숲속에서 시리우스가 '세라피나는 대체 무슨 근거로 그런 말을 한 건지 숲을 달리는 동안 내내 생각했었는데. 세라피나, 제대로 설명해줘야겠다'라고 말했던 것을.

즉 시리우스는 제대로 설명을 들을 타이밍을 기다렸던 것이다.

눈을 부릅뜬 내 앞에서 시리우스가 의아하다는 듯 눈을 가늘게 좁혔다.

"'먀흥'? 그건 무슨 주문인가? 나는 회복 마법에 대해서는 지식이 미천하니 네가 하고 싶은 말을 이해하지 못하는 것 같아. 알아들을 수 있게 설명해줘."

와, 절묘한 우연.

나도 순간적으로 입에서 나간 '먀흥'이 무슨 뜻인지 모르고, 심지어 시리우스가 말한 '미천하다'의 뜻도 모른다.

그보다도 시리우스의 질문에 대답하는 건 나에게 큰 피해가 올 것 같은 느낌이 드는데……. 하지만 대답하지 않을 수도 없겠지.

답을 들으려고 기다리는 시리우스의 고집스러운 표정을 앞에 둔 나는 포기하고 입을 열었다.

"어, 그건 세븐이 '절대 마물에게 잡아먹히지 않는 춤'을 가르쳐줬기 때문이야."

내 대답을 듣자마자 시리우스는 수상한 것을 보는 눈으로 나를 쳐다봤다.

"……춤이라고? 고작 춤으로 마물을 어떻게 할 수 있다는 거야? 심지어 알려준 사람은 네 장난꾸러기 정령이고?"

어라라, 시리우스는 내 대답이 마음에 안 들었나보네.

하지만 실제로 어떻게 됐단 말이야.

나는 소파에서 일어나 시리우스 앞으로 이동했다.

"그럼 실제로 춰 볼까?"

"응? 그래, 해 봐."

"시리우스는 마물이 되었다는 마음가짐으로 봐 줘."

시리우스가 팔짱을 끼고 지켜보는 가운데 나는 두 팔을 벌려 시작 포즈를 취한 뒤 노래하며 춤을 추기 시작했다.

"안녕하세요, 세라피나입니다!

빨간 머리카락이라서 정령이 친구예요.

그러니까 저를 먹으면 안 돼요.

와, 맛있어 보이는 딸기! 아뇨, 빨간 전갈이었어요.

와, 맛있어 보이는 바나나! 아뇨, 노란 독거미였어요.

와, 맛있어 보이는 감자! 아뇨, 보라색 독초였어요.

그. 러. 니. 까.

와, 맛있어 보이는 세라피나! 아뇨, 먹으면 안 돼요!"

마지막에는 두 팔로 커다란 'X'를 척 그리며 포즈를 잡았다.

와, 오늘은 특히 더 잘 춘 것 같아! 만족스러워하며 숨을 헉헉 몰아쉬면서 시리우스를 쳐다봤다.

그러자 그는 눈도 깜빡이지 않고 나를 보고 있었다.

역시 잘 먹혔구나. 나는 히죽 웃었다.

"어때? 시리우스…… 아니지, 마물 시리우스."

"……내가 마물이라고?!"

"응. 마물이 된 기분으로 봐 달라고 했잖아? 이건 마물에게만 통하는 춤이야. 인간에게는 안 통하니까 인간의 마음으로 봐도 내 춤에 효과가 있는지 없는지 구분할 수 없어."

세븐이 알려준 대로 설명하자 시리우스는 진지한 얼굴로 입을 다물었다.

"…………."

"시리우스?"

의아해하며 이름을 부르자 그는 자기 머리카락 손으로 한쪽 손을 찔러 넣고는 거칠게 휘저었다.

"확실히 '선택독성'은…… 특정 생물에게만 효과가 있는 독은 있지. 인간에게는 전혀 영향이 없는데 식물을 말려 죽이는 독이나 특정 곤충에만 유해한 독도 있고. 하지만, ……세라피나의 춤이 마물에게만 효과가 있다는 건 아무리 그래도 사기잖아. 아니면 내가 사람이라서 효과가 없을 뿐 마물이라면 대미지를 받는 건가?"

시리우스가 혼란스러운 듯 머리를 부여잡는 걸 보자 효과가 너무 강했던 건 아닌지 걱정되었다.

"시, 시리우스. 괜찮아? 마물에 너무 이입해서 효과가 너무 좋았던 거야?"

"아니, 나는……(너에게는 미안하지만 애초에 마물의 마음으로 보지도 않았어)."

무어라 말을 하려고 한 시리우스였지만 중간에 끊어졌기 때문에 대신 내가 말을 이었다.

"하지만 이 춤을 추니까 그리폰과 검은 펜릴은 나를 공격하지 않았어."

"……그래?"

머리에서 두 손을 내리고 몹시 의심스러워하는 시선을 보내는 시리우스에게 나는 힘차게 대답했다.

"그래!"

"……그렇군. 즉 네 정령은 그 춤을 너에게 가르쳤고, 너는 춤을 춰서 마물이 널 먹지 않게 된 거라고 믿고 있는 거야. 그렇지? ……나에게는 전부 수상쩍지만."

"에이, 시리우스도 참 의심이 많다니까! 사실은 나도 대책이 하나 있었어. 하지만 세븐이 이 춤이 더 확실하다고 해서 세븐이 시킨 방법대로 가기로 했지."

"……너는 뭘 생각했는데?"

시리우스는 자세를 고친 뒤 신중한 표정으로 물었다.

그래서 나는 당당히 원래 생각했던 대책을 알려주었다.

"나는 성녀니까 독을 먹어도 알아서 해독할 수 있어. 그러니까 반대로 마물에게 잡아먹힐 것 같으면 몸에 독을 만들면 어떨까 했거든."

내 아이디어는 시리우스가 생각지도 못했던 것이었는지 그는 놀라서 평소보다 큰 목소리로 소리쳤다.

"뭐라고?!"

그런 시리우스를 보고 '내 아이디어는 시리우스도 놀랄 만큼 굉장한 거구나!' 하며 기뻐했다.

"여태까지 시도해본 적은 없으니까 실제로 가능한지 아닌지 모르고, 가능해도 아주 아플 테니까 오랫동안 하지는 못하지만 나는 독이 있다고 마물에게 알려주면 경고가 되겠지?"

"……………………."

"그래서 한 입이라도 나를 먹으면 마물은 고통스러워하며 도망칠 테니까 그 후엔 내 몸을 해독하고 잡아먹힌 부위를 치유하면 돼! ……그렇게 세븐에게 말했더니 당황하면서 자기가 그것보다 효과가 좋은 춤을 아니까 그것만은 하지 말라고 막았어."

그때 문득 나는 중요한 사실을 떠올렸다.

"아, 그러고 보면 세븐은 이 춤을 추기 전에 자기를 부르라고 했었지. 깜빡했다!"

손뼉을 짝 치면서 시리우스를 올려다보자 그의 얼굴은 새파랗게 질려 있었다.

"아, ……그래. 그 괴상한 춤의 핵심은 춤 자체가 아니라 추기 전에 네 정령을 부르는 거였구나. 그거라면 이해가 가는군."

"어? 시리우스?"

은근슬쩍 시리우스가 내 춤을 괴상한 춤이라고 표현했잖아.

그게 불만이라 뺨에 바람을 가득 넣고 시리우스를 쳐다보았지만, 그는 나에게 신경 쓸 여유가 없는 건지 안색이 엉망인 채 말을 이었다.

"내가 정령이었다고 해도 너에게 같은 말을 했을 거다. 왜냐하면 네 작전은 여태까지 들은 모든 아이디어 중에서 가장 심각하니까! 너 자신의 몸을 희생하다니 제정신이 아니야! 네 정령이 뭐든 상관없으니까 그것 말고 다른 아이디어를 알려주고 싶어지는 것도 이해할 수 있어."

시리우스는 두 손으로 얼굴을 덮고는 지쳤다는 듯 소파에 기댔다.

"알았어, 세라피나. 네 정령이 너에게 춤을 알려준 이유는 충분히 이해했으니까 그건 이제 됐다. ……하아, 네 정령은 항의하고 싶은 마음을 노래에 담은 건가. 그래서 가사에 자꾸 독이 들어있었군. 어쨌거나 앞으로는 널 확실하게 호위하면 되는 거지. 그런데 조금 전부터 무슨 책을 읽고 있는 거야?"

춤 이야기는 이제 배가 꽉 찼다는 듯 시리우스가 화제를 끝냈다.

그리고는 내가 읽던 책에 대해 질문했다.

그래서 나는 시리우스에게 읽던 책의 표지를 보여주었다.

"흠, '약초 대전'인가. 이건 상급자용이잖아. 세라피나는 공부를 열심히 하는군."

시리우스는 표정을 생글생글 바꾸고는 감탄했다는 듯 칭찬해줬지만 나는 세 오라버니에게 들은 말을 떠올렸다.

『세라피나, 너 정말 머리가 나쁘구나!』

『6살이나 되었는데 제대로 글도 쓰지 못하다니 그리고도 왕족이야?!』

『맥락도 없고, 갑자기 이상한 춤을 추고, 상식도 부족해!!』

오라버니들이 그렇게 말하는 것도 당연한 게 확실히 나는 상식도 공부도 부족해서 왕족으로서는 반쪽자리인 게 틀림없다.

따라서 나는 고개를 숙이고 시무룩한 목소리를 냈다.

"시리우스는 칭찬해주지만 나는 성녀와 관련된 것만 열심히 하는걸. 왕족으로서는 글자도 못 쓰고, 충동적으로 춤을 추고, 부족한 것 천지야."

"세라피나, 그건 아니야! 그건 네가 오랫동안 눈이 보이지 않았기 때문이야! 그런 건 바로 어떻게든 되는 부분이고, 충동적으로 춤을 추는 건…… 네 개성이니까 바꿀 필요 없어."

심각한 표정으로 나를 옹호해주는 시리우스를 보며 나는 무척 기뻤다.

그래서 시리우스를 와락 끌어안았다.

"고마워, 시리우스! 하지만 왕족으로서 부족하다는 걸 알면서도 열심히 하려고 안 하는 나도 잘못이야. 나는 훌륭한 왕족이 되는 것보다 훌륭한 성녀가 되고 싶으니까 자꾸만 성녀 공부만 열심히 하게 되거든. 나는 왕족의 기품으로 귀족들에게 존경받는 것보다는 한 명이라도 많은 사람의 병이나 상처를 낫게 해주고 싶어."

"……세라피나."

시리우스가 당황한 듯 눈을 깜빡이는 모습을 보고 지난번――수긍하지 못한 채 그의 설득에 고개를 끄덕였을 때부터 계속 마음속에 앙금으로 남아있던 마음이 입 밖으로 흘러나왔다.

"전에 시리우스는 나를 생각해서 성녀가 되는 걸 결단하기에는 너무 이르다고 말했었잖아. 하지만 나는 알아. 내가 10살이 되어도 15살이 되어도 성녀가 되고 싶은 마음은 변하지 않아."

내 말을 들은 시리우스는 말없이 눈썹을 찡그리고 눈을 깜빡였다.

그 모습은 당황한 것처럼 보이기도 했고, 시리우스가 내 말에 놀라서 어떻게 해야 할지 갈등하는 것처럼 보이기도 했다.

그래서 나는 지금이 기회라며 호소했다.

"아버지에겐 내가 부탁할게! 그러니까 아버지가 허락해주고, 그리고 많이 노력해서 훌륭한 성녀가 되면 시리우스와 같이 싸워도 돼?"

"세라피나……."

시리우스의 목소리는 무척이나 힘이 없었기 때문에 공격한다면 지금이라고 느꼈다.

나는 시리우스를 끌어안은 채 고개를 들고 생긋 웃었다.

그리고 내 비밀을 말했다.

"있지, 시리우스. 내가 왕도에 가기로 결심한 건 시리우스를 지키고 싶어서야."

"세라피나!!"

내 말을 들은 순간 시리우스는 신음하듯 내 이름을 부르고는 쓰러질 듯한 기세로 내 어깨에 이마를 눌렀다.

"세라피나, 나는 네가 전장에 나서는 걸 네가 성장할 때까지 미루겠다고 했지만…… 쉽게 결단한 게 아니야. 그런데 고작 한 마디로 내 생각을 뒤엎으려고 하지 마."

"미안해."

내가 한 말은 내 귀에도 뻔뻔하게 들렸다.

시리우스는 고개를 들더니 난처하다는 얼굴로 코앞에서 나를 들여다보았다.

"나는 이 어디에도 없을 만큼 귀중하고 사랑스러운 성녀를 어떻게 하면 될까?"

어리석은 질문이다.

조금 전부터 나는 계속 같은 주장을 하고 있으니까, 몇 번을 물어봐도 같은 대답을 돌려줄 뿐이다.

"같이 데려가 줘, 시리우스! 나는 당신을 지키는 성녀가 되고 싶어."

활짝 웃으면서 그렇게 말하자 시리우스는 눈을 감고 크게 한숨을 쉬었다.

"……치명적이군."

그러고는 나를 안고 일어나더니 창가로 걸어가 피곤하다는 듯 입을 열었다.

"세라피나, 네 한마디가 이성적이고 도리를 벗어나지 않는, 올바른 나는 죽어버렸어. 남은 건 이기적이고 내가 하고 싶은 걸 밀어붙이는 나뿐이야. ……나는 마음속 깊은 곳에서는 계속 네가 성녀이길 바라고 있었으니 더는 멈출 수 없어."

"시리우스!"

나는 기쁨에 차서 시리우스의 목을 껴안았다.

그런 내 머리를 시리우스는 다정하게 쓰다듬어주었다.

"세라피나, 지금은 밤이니까 어두워서 아무것도 안 보이지만 해가 뜨면 왕국의 새로운 하루가 시작돼. ……그러면 같이 국왕에게 가자. 그리고 네가 성녀의 길을 걷는 걸 부탁해보자."

"시리우스, 고마워!!"

시리우스의 목에서 얼굴을 떼고 웃으면서 그를 바라보자 시리우스는 진지한 표정으로 마주 바라보았다.

그러고는 깊은 감정이 담긴 목소리로 말했다.

"인사해야 할 사람은 나야. 고맙다, 세라피나. 네가 얼마나 큰 결단을 내렸는지 알 수 없을 만큼 어리석지는 않아. 나는 반드시 오늘 네가 내린 결단을 잊지 않겠어. 그리고 기사로서 너를 지키겠다고, 지금 이곳에서 네 곁의 앞에 맹세하마."

"어! 와아. 응?"

시리우스에게서 엄청난 맹세를 받는 바람에 눈을 부릅뜨고 있었더니 그는 즐겁다는 듯 웃었다.

"하하하하하, 여기는 장소가 안 좋군. 그러니 훗날 다시금 네 기사가 되겠다고 맹세하마. 하지만 지금 이 순간부터 미래 영원히 나는 네 기사야."

"시리우스……."

난처해하며 그를 올려다보았지만, 시리우스는 후련한 표정을 짓고 있었다.

그래서 나는 그를 막으려고 했던 것도 잊고 무심코 웃어버렸다.

"우후후후후, 그럼 내가 시리우스의 성녀가 되겠네!"

"이거 참…… 최상급으로 귀중한 요청인데?"

시리우스의 말에 그와 나는 얼굴을 마주 보고 함께 맹세하며 소리 내어 웃었다.

　——이렇게 그날, 한 명의 기사는 왕국 최고의 성녀를 손에 넣었고 한 명의 성녀는 왕국 최강의 기사를 손에 넣었다.

【SIDE 시리우스】 시가 감상의 비극

"시가가 최하 등급이라고?"

세라피나의 학습보고서를 읽은 나는 불만을 드러내며 그렇게 중얼거렸다.

———세라피나의 학습은 내가 전부 일임하고 있다.

따라서 각 수업의 진도를 확인하고 전체적인 균형을 조율하여 한 달 단위로 커리큘럼을 조립하고 있는데, 시가 교사가 제출한 보고서에는 최하 등급 평가가 적혀있었다.

"'제2왕녀 전하께서 작성하시는 시가는 개성적이고 독창적. 일반적인 평가로 점수를 매긴다면 최하 등급'이라고?"

보고서를 읽으며 옆에 있던 시종에게 시선을 던졌다.

"시가라는 건 어둠 속에서 별이 반짝였다거나 사랑이 나를 괴롭게 한다거나 그런 걸 노래하는 거잖아? 감성은 사람마다 다 다르지. 세라피나의 시가에 낮은 점수를 주는 건 교사가 그녀의 감성을 이해하지 못하는 것뿐인 게 아닌가?"

세라피나의 시가 능력이 현저히 떨어진다는 보고서였으나 애초에 6살 어린아이에게 깊이 있는 심리묘사를 요구하는 게 잘못이다.

그녀가 지금 느끼는 솔직한 감성을 인정하고 평가해야 하는 게 아닐까.

화가 나는 것을 느끼며 보고서를 노려보고 있었더니 시종이 조심스럽게 입을 열었다.

"……왕녀 전하의 교사로 선정되었을 정도이니 시가 교사는 그쪽 방면에서는 아주 뛰어난 분이실 겁니다. 시리우스 각하께서는 평소 '쌍방의 의견을 들어야 한다'고 말씀하셨으니 세라피나 전하의 이야기도 들어보심이 어떻습니까."

"그렇군."

나는 고개를 끄덕인 뒤 세라피나의 방으로 향했다.

운이 좋게도 세라피나는 방에서 책을 읽고 있었다.

자연스럽게 그녀 옆에 앉아 시가 수업에 대해 질문했다.

그러자 세라피나는 책을 무릎에 올려놓은 채 환한 표정으로 고개를 번쩍 들었다.

"시가 수업 아주 재미있어! 생각한 걸 자유롭게 말하면 된대!"

그러나 그 말을 끝으로 세라피나의 얼굴이 어두워졌다.

"하지만 생각한 걸 그대로 말하니까 너무 자유롭다고 했어. 내가 보기엔 잘한 것 같았으니까 어디가 문제인지 모르겠어."

그렇게 중얼거린 뒤 세라피나는 고개를 들고 나를 보았다.

"시리우스, 내 시가를 좀 들어줄래? 그리고 문제점을 알려줘."

"……그래."

그렇게 대답하긴 했으나 나에겐 시가의 재능이 없다.

세라피나가 들려주는 작품에 장단점을 꼽는 건 불가능하다.

어쩔 수 없지. 세라피나가 발표하는 작품이 어떠한 것이든 칭찬해야겠다. 그렇게 마음먹고 그녀의 시를 듣기 위해 의자에 고쳐 앉았다.

그러자 세라피나는 자리에서 일어나 독특한 리듬을 붙여서 즐겁게 낭송했다.

도중에 분위기를 탄 건지 손발을 움직이면서 오리지널 율동까지 붙이기 시작했다.

"헤이, 헤이, 오징어는 오징오징!
내 다리는 열 개야. 여덟 개는 문어라네.
이렇게 멋있고 하얀 녀석은 오징어밖에 없지! (와아, 오징어!)

헤이, 헤이, 문어는 문어문어!
문어, 문어, 문어, 문어, 문어, 문어, 문어.
이렇게 문어같이 생긴 문어는 문어밖에 없지! (와아, 문어!)
문어발 예아!"

"……………………………."

인간은 이해의 영역을 초월한 것에 직면했을 때 모든 기능이 정지되는 모양이다.

그걸 증명하듯 나는 머리가 새하얘져서 한마디도 나오지 않게 되었다.

……이건 뭐지? 시가? 아니, 아니다. 아니잖아. 아닐 거야.

"……………………………"

틀렸다. 나는 이게 좋은지 나쁜지를 판단할 수 없다. 거기까지 가지 못한다.

그보다 눈앞에서 춤추는 걸 보고 깨달은 건데 세라피나는 다리가 짧구나. 아니, 지금 그건 아무래도 상관없는 점인가.

다양한—— 하지만 아무런 도움도 되지 않는 생각이 오가며 아무런 말도 하지 못하는 나를 세라피나가 반짝거리는 눈으로 쳐다보았다.

지난 경험을 통해 나는 그녀의 속생각을 정확하게 파악했다.

……세라피나는 칭찬해주는 걸 기다리고 있다…….

이유는 전혀 알 수 없으나 그녀는 자신만만하게, 칭찬해줄 거라고 믿고 있다.

"어……, 그래………… 아니."

틀렸다. 그 시가를 '좋았다'고 표현할 수 없다.

그 뒤로 이어질 칭찬의 근거를 아무것도 찾아낼 수 없었기 때문이다.

"카노푸스가……………, 아, 그래! 카노푸스가 네 시가의 장점을 말해주겠지! 세라피나, 아주 좋은 시가였어!"

나는 세라피나를 모시는 그녀의 호위 기사에게 칭찬 담당을 전권 위임했다.

"흐업."

늘 냉정한 카노푸스가 듣도 보도 못한 괴성을 질렀다.

그러고는 믿어지지 않는다는 듯 눈을 부릅뜨고 쳐다보았다. 나는 눈을 아래로 깔아 그와 시선이 마주치는 걸 거부했다.

……카노푸스, 지금이 네 기사로서의 분수령이다! 기사는 시련을 뛰어넘으면서 성장하는 법.

카노푸스는 잠시 나를 쳐다보았지만 내가 도와주지 않으리라는 걸 이해하더니 다시 세라피나에게 시선을 돌렸다.

그러고는 침을 꿀꺽 삼키더니 긴장한 얼굴로 입을 열었다.

"……그……, 훌륭한 시가였습니다. 저는………… 이토록 운율감이 있는 시가를 들어본 적이 없습니다. 특히 '문어, 문어, 문어' 하면서 '문어'를 7번 반복하는 부분은 같은 단어로 리듬을 살려서 좋았습니다."

"그래, 카노푸스의 말이 맞아! '문어'를 반복하는 부분이 아주 좋았어!!"

세라피나를 칭찬하면서도 문어 반복 부분은 운율을 맞춘다기보다는 그냥 반복하고 있을 뿐인 게 아닌가 하는 생각이 들었지만, 그녀의 표정이 기쁘다는 듯 확 밝아졌기 때문에 냉정한 분석 결과는 사소한 일로 치고 집어던졌다.

"고마워, 카노푸스, 시리우스! 선생님은 좋아하지 않으셨지만 나는 이 시에 자신이 있었거든!! 역시 두 사람이라면 이해해줄 줄 알았어!! 우후후후후, 사실은 '돌고래와 해파리' 시가도 만들었는데. 듣고 싶어?"

"윽……, 그, 기사단 회의가 있는…… 것 같은데……."

순간적으로 변명하자 세라피나는 손뼉을 쳤다.

"기사단 회의실은 여기서 아주 멀잖아! 그럼 회의실 앞까지 따라가도 돼? 복도를 걸으면서 들려줄게!"

세라피나는 복도를 오가는 불특정 다수의 인간에게 지금처럼 시가를 들려준다는 말인가?

"아니! 시간 있었어! 좋아, 세라피나. 이 방에서 들려줘."

나는 각오를 다진 뒤 의자에 다시 앉았다.

나(와 카노푸스)의 시련은 아직 끝나지 않을 모양이었다.

그런 고통스러운 시간을 보낸 나에게 훗날 시가 교사에게서 편지가 왔다.

나에게 시가를 칭찬받은 세라피나가 아주 신이 나서 같은 단어를 반복하기만 하는 시가를 계속 만들어내서 난감하다는 내용이었다.

편지가 들어있는 봉투에는 그녀의 최신작도 동봉되어 있었다.

『(세라피나 나브 作 최신 시가)

뱀, 뱀, 뱀, 뱀, 뱀, ……(30번 반복), 도마뱀!』

"…………………………."

나는 말 없이 편지를 우그러트리고는 옆에 있는 시종에게 저장고에 보관해놓은 비장의 와인을 시가 교사에게 가져다주라고 지시했다.

그 후 앞으로는 절대, 다시는 세라피나의 수업 내용에 대해 본인에게 확인하지 않겠다고 결심했다.

──참고로 세라피나가 쓴 '뱀과 도마뱀 시가'는 본인이 직접

적은 것이기 때문에 액자에 넣어 내 방에 걸어놓았다.

내 방에 드나드는 사람은 세라피나뿐이니 다른 사람이 보게 될 걱정은 없다.

【SIDE 시리우스】 머리감기의 비극

"후우, 기분 좋은 목욕이었어."

들으란 듯이 말하며 방으로 돌아온 세라피나의 머리카락이 젖어있지 않은 걸 본 나는 말없이 눈썹을 찡그렸다.

그녀의 시녀에게서 상담을 받은 게 조금 전.

그 내용은 세라피나가 이틀에 한 번은 혼자서 머리를 감고 싶어 한다는 것이었다.

세라피나는 왕녀다. 옷을 갈아입는 것도 목욕하는 것도 시녀의 시중을 받는 게 당연하다.

그런데도 혼자 머리를 감고 싶어 하기 때문에 시녀는 머리를 감아야 하는 시점에서 마지못해 욕실을 나가는데…… 세라피나는 명백하게 머리를 감지 않고 욕실에서 나온다고 했다.

하지만 그걸 시녀가 지적해도 세라피나가 감았다고 주장하기 때문에 시녀라는 입장상 그 이상은 추궁할 수 없으니 도와달라고 했다.

따라서 나는 사실을 확인하고자 세라피나가 목욕하고 나오는 걸 그녀의 방에서 기다렸는데…….

세라피나의 머리카락은 앞머리가 젖었을 뿐 다른 부분은 건조한 상태였다.

아무래도 시녀의 말대로 세라피나는 머리를 감지 않은 것 같다고 생각하면서도 우회적으로 질문했다.

"세라피나, 혼자서 머리를 감은 모양인데 시녀에게 맡기는 게 더 편하지 않아?"

"……시리우스는 시녀가 감겨줘?"

"나는 성인이니까. 당연히 혼자 감지."

솔직하게 대답한 뒤에 거짓말이라도 시녀에게 맡긴다고 해야 했다고 반성하자 세라피나는 홱 시선을 돌렸다.

"나도 혼자 할 수 있어. 혼자 머리 감을 수 있는걸."

나는 세라피나에게 다가가 그녀의 머리에 한쪽 손을 올렸다.

"머리카락이 안 젖었는데."

"어? 저, 젖었거든! 자, 만져봐."

세라피나는 당황하며 내 손을 자신의 앞머리로 가져갔다.

그 반응을 보아 머리를 감은 것처럼 위장하려고 일부러 앞머리를 적셨다는 걸 알아차렸다.

……하다못해 전부 적셨다면 속았을지도 모르는데.

"그래, 앞머리가 젖었네."

세라피나는 마무리가 허술하다고 생각하며 그렇게 대답한 뒤 반대로 세라피나의 손을 잡고 그녀의 정수리를 만지게 했다.

"세라피나, 정수리가 안 젖었잖아? 이래서는 머리를 감았다고 할 수 없어."

"으으으! 가, 감았지만 조금 실패한 거야."

완전히 시선을 돌리고선 그래도 머리를 감았다고 주장하는 세라피나는 어딜 어떻게 봐도 거짓말하는 어린아이였다.

나는 말 없이 세라피나를 안아 든 뒤 그대로 의자에 앉았다.

"세라피나, 화내지 않을 테니까 알려줘. 왜 머리를 안 감는 거야?"

아마도 감는 게 귀찮은 거겠지만, 그런 거라면 시녀에게 맡기면 되니까 의아했다.

그러자 세라피나는 풀이 죽어서 고개를 숙였다.

"……훌륭한 성녀는 대부분 선명한 빨간 머리라고 들었으니까, 흐려지고 싶지 않았어."

"무슨 소리야?"

세라피나는 제대로 설명했다고 생각하는 모양이지만 전혀 이해할 수 없었다.

따라서 세라피나의 마음을 이해하려고 얼굴을 들여다봤더니 그녀는 찌그러진 표정으로 쳐다보았다.

"리젤 오라버니가 알려줬어. 빨간 머리는 매일 감으면 점점 흐려진대. 오라버니는 그걸 모르고 매일 머리를 감아서 색이 연해졌대."

힘없이 고개를 숙인 세라피나의 모습을 보고 대충 사정을 파악한 나는 무심코 낮게 중얼거렸다.

"그 자식이……."

제3왕자인 리젤은 붉은 머리카락을 지녔다.

하지만 세라피나처럼 선명한 붉은색이 아니라 연한 붉은색이다── 태어났을 때부터.

그런데도 리겔은 머리카락을 매일 감아서 머리카락 색이 흐려졌다고 세라피나를 속인 거다.

그리고 순진한 세라피나는 리겔의 말을 고스란히 믿었다.

"으응? 시리우스, 뭐라고?"

내 낮은 목소리를 알아듣지 못한 세라피나가 당황하며 되물었다.

필사적인 세라피나를 보자 시시껄렁한 거짓말을 주입한 리겔에게 화가 났다.

"세라피나, 그건 리겔의 농담이야. 리겔의 머리카락은 태어났을 때부터 연한 빨간색으로 지금과 똑같았어."

"어?"

"게다가 붉은 머리카락의 성녀가 뛰어나다는 건 고위 정령일수록 붉은 머리카락을 좋아하니까 고위 정령과 계약하기 쉬워진다는 의미야. 너는 이미 정령과 계약했으니까 만약 머리카락이 빨간색이 아니게 된다고 해도 문제없고 성녀로서의 능력도 약해지지 않을 거다."

"어, 앗, 그…… 그렇구나."

내가 한 말을 순순히 믿는 모습을 보고, ──당연히 내 말엔 거짓이 없지만 세라피나가 리겔에게 쉽게 속아버린 이유를 알 것 같았다.

이렇게 순진한 아이에게 거짓말을 하다니……. 내심 이를 갈고 있었더니 세라피나가 고개를 휙 들었다.

"시리우스, 알려줘서 고마워!"

그리고 내 배에 꼭 달라붙었다.

"오늘은 정원에서 앞구르기 연습을 해서 사실은 머리 감고 싶었어!"

"확실히 머리 감아야겠네."

잘 보니 세라피나의 머리카락 사이에서 마른 풀이 튀어나와 있었기 때문에 손가락으로 떼어내면서 대답했다.

"그래, 알았어! 머리 감고 올게!!"

나는 환하게 웃으며 욕실로 사라지는 세라피나를 웃으면서 배웅했지만…….

돌아온 그녀를 보고 내 얼굴에서 표정이 사라졌다.

"시리우스, 머리 감으니까 기분 좋아! 향긋한 샴푸 냄새가 나."

"그야…… 그렇겠지."

신중한 표정으로 세라피나에게 대답한 뒤 나는 그녀의 머리카락을 바라보았다.

정확하게는 머리카락을 헹구다가 놓쳐버린 샴푸 거품을.

아니, 이건 헹구다가 놓친 게 아니라 헹구지 않은 게 틀림없다. 거품이 고스란히 머리에 남아있으니까.

"그, 세라피나. 너 지금까지 혼자서 머리 감은 적 있어?"

"없어! 처음 했지만 혼자서도 할 수 있었어."

"할 수……."

없었다고는 말하지 못했다.

왜냐하면 세라피나는 득의양양한 표정으로 나를 바라보고 있었는데 그 표정이 너무나도 사랑스러웠기 때문이다.

결국 세라피나가 머리를 감지 않았다고 주장했을 때를 위해 지참해 온 유리병을 그녀 앞으로 내밀었다.

"세라피나, '무지개 헤어 린스'다. 왕도에서 가장 인기인 가게의 가장 인기 상품인데, 2시간이나 (부하가) 줄을 서서 사 왔지. 머리를 감은 뒤에 이걸 바르면 머리카락이 반짝반짝 빛난다고 해."

"우와아!"

세라피나는 두 손으로 병을 잡더니 반짝반짝한 눈으로 병 안을 들여다보았다.

내가 보기에는 영 수상한 상품이었지만 병 안에는 무지개색 액체가 들어있었는데 딱 어린아이가 좋아할 법한 물건인 것 같다.

세라피나가 '무지개 헤어 린스'에 푹 빠져있는 사이에 나는 재빨리 일어나 그녀의 시녀를 불렀다.

"세라피나는 지금부터 헤어린스를 써본다고 한다. 도와줘."

내 말을 들은 세라피나가 혼자 할 수 있다고 말하고 싶은 듯 고개를 들었지만 나는 즉시 말을 이었다.

"그 헤어 린스는 특별한 물건이니까. 혼자서 쓰는 건 어려워. 모처럼 산 거니까 올바르게 사용해서 반짝반짝 빛나는 머리카락을 보여줘."

그러자 단순한 구석이 있는 세라피나는 기뻐하며 '알았어!' 하고 고개를 끄덕였다.

그 후 세라피나의 거품투성이인 머리를 믿어지지 않는다는 표정으로 내려다보는 시녀와 함께 욕실로 사라졌다.

잠시 후 거품이 사라진 머리로 다시 나타난 그녀의 머리카락을 호들갑스럽게 칭찬했음은 말할 필요도 없겠지.

그리고 다음 날, 리겔 제3왕자를 기사단 훈련장으로 불러내서 며칠 동안은 혼자서 걷지도 못할 만큼 혹독하게 훈련시켰다는 것 또한 말할 필요도 없으리라.

【SIDE 시리우스】 나의 작은 성녀

　나는 어디에서 왔고 어떤 사람인 건가.

　──누구나 한 번은 생각한 적이 있는 의문일 것이다.

　자신의 출생을 아는 건 자신으로서 살아가는 데 필요한 일이기 때문이다.

　만약 자신의 출생에 대해 생각해 본 적이 없는 사람이 있다면 그건 그 사람의 출생을 의심할 여지가 아무것도 없는 경우인지도 모른다.

　아버지가 누구고, 어머니가 누구고, 나는 무엇인지, ──눈곱 만큼도 의심할 구석이 없는 거겠지.

　"……어릴 때부터 이어진 의문에 답이 하나 나왔군."

　촛불만이 유일한 빛인 어둑한 방 안에서 나는 작게 중얼거렸다.

　그러고는 들고 있던 잔을 흔든 뒤 안에 있던 액체를 단숨에 마셨다.

　───시각은 심야. 장소는 왕성 안에 있는 내 방이다.

　어디보다도 안전한 장소이자 나를 방해하는 사람은 한 명도 없다.

　그렇다면 오늘 밤 정도는 크게 취해도 문제없을 것이다.

술에 취하기 어려운 체질이기 때문에 원하는 대로 이뤄질지 아닐지는 의심스러웠지만, 바닥을 구르는 여러 개의 빈 병을 바라보며 오늘 정도는 취하고 싶다고 생각했다.

다시 새 병에 손을 뻗었다.

──어린 시절부터 나는 내 외모에 의문을 느꼈다.

내 은발과 은백색 눈동자는 어디에서 온 것일까.

아버지는 금발, 어머니는 붉은 머리카락이었다.

아버지는 파란 눈, 어머니는 녹색 눈이었다.

그리고 나브 왕가의 왕족에는 여태껏 은발도 은백색 눈동자도 한 명도 없었다.

그렇기에 내 머리카락과 눈동자 색은 어디에서 온 건지 계속 의문이었다.

그런 의문에 답을 준 사람은 고위 귀족 여성들이다.

내가 6살이 되었을 때 그녀들에게서 '당신을 위해', '진실을 알아두어야 하니까'라며 내가 모르는 진실을 가르쳐주었다.

내 부모님의 결혼은 대륙에서 가장 큰 세력을 자랑하는 아르테아가 제국 황제의 뜻에 따라 정해졌다는 것을.

내 아버지는 나브 왕국 국왕의 동생, 어머니는 아르테아가 제국의 공작 영애다. 각자 다른 국아의 고위 신분의 혼인임에도 여태까지의 관습과는 다르게 약혼 기간 없이 어머니가 나브 왕국에 도착한 그 날에 혼례를 치렀다는 것을.

그리고 그로부터 7개월 후에 내가 태어났다고, 그녀들은 알려주었다.

『시리우스 님께서도 알고 계시다시피 아기는 어머니의 배 속에서 열 달 동안 있다가 나옵니다.』

『만약 7개월만에 태어났다면 그 아이는 손바닥에 올라갈 만큼 작아야 하지만, 조산임에도 불구하고 시리우스 님은 평균적인 아기보다 훨씬 우량아였습니다.』

그런 식으로 다들 직접 봤다는 양 부모님과 나에 대해 이야기했다.

──참으로 불공평한 이야기다.

어머니는 자신의 배로 아이를 낳으니 태어난 아이는 틀림없이 자신의 아이임이 약속된다.

하지만 아버지는 설령 아내가 낳은 아이라고 해도 태어난 아이가 자신의 아이인지 아닌지 약속할 수 없다.

──그녀들의 이야기는 어차피 소문일 뿐 진실인지 아닌지 불명이었으나, 그래도 나는 아버지를 좋아했다.

아버지는 병약하긴 했으나 숭고한 뜻과 배려심을 지닌 훌륭한 사람이었으니까.

나를 아들로서 사랑하고 소중히 여겨주었으니까.

따라서 부모님의 이야기는 소문일 뿐이라며 진심으로 받아들이지 않고 계속 아버지를 아버지로서 대했으나…….

"……설마 19년이 지나 진실이 밝혀질 줄이야."

작게 중얼거린 뒤 나는 잔 속에서 찰랑거리는 것을 단숨에 비웠다.

──얼마 전, 나는 왕국 동쪽 끝으로 어린 사촌 동생을 데리러 갔다.

그리고 그때 사촌 동생이 어린 정령과 의사소통하는 장면을 목격했다.

『어린 정령은 인간 앞에 나타나지 않는다.』

그것이 여태껏 알고 있던 정령에 대한 상식이었는데…… 그 상식에서 나브 왕가의 핏줄은 제외된다는 걸 세라피나를 보고 깨달았다.

──나브 왕국 왕가의 조상은 정령왕이다.

따라서 정령 감응력이 특출나게 강했다.

세라피나가 지닌 성녀의 능력이 탁월하였으니 그녀만 특별해서 정령을 감지할 수 있는 건지도 모른다고 생각했다가 이전에 프로키온 왕이 말했던 것을 문득 떠올렸다.

『우리나라의 동쪽 끝에 있는 숲은 정령왕께서 맡기신 '시작의 숲'이지. 그 땅에는 우리 왕국을 번영으로 이끌어주는 왕국의 미래가 담겨있어. 아쉽게도 나는 그 숲에 사는 자들을 직접 보지는 못했으나 언제든 따뜻한 기척을 느낄 수는 있지.』

또한 왕은 세라피나가 태어날 때까지 가족과 함께 종종 그 숲을 찾았다.

왕은 분명 왕족이 수호해온 숲을 아이들에게 보여주면서 숲에 사는 주민들과 아이들을 만나게 해주고 싶었던 것이겠지.

숲에서 돌아온 세 명의 왕자와 제1왕녀도 왕과 마찬가지로 '숲에서 따뜻한 기척을 많이 느꼈다'라고 했으니까.

지금 생각해 보면 그들이 말했던 '따뜻한 기척'은 '어린아이 정령'이었던 것이다.

여태까지는 뜬구름 잡는 듯한 발언으로 들리던 왕의 말도 실제로 그 숲에서 어린아이 정령을 본 덕분에 진정한 의미를 이해할 수 있었던 것 같다.

──아마도 우리나라의 여성 절반이 성녀일 수 있는 건 그 숲 덕분이다.

타국에는 정령이 거의 없고 성녀의 수도 적다고 들었다.

나브 왕국만이 많은 정령을 보유하고 많은 성녀를 배출할 수 있는 건 정령이 태어나는 숲이 있기 때문이다.

그렇기에 왕가는 그 숲을 아끼고 대대로 지켜왔다.

그리고 정령왕의 피를 이어받았기 때문에 왕가는 그 숲에서 어린 정령을 감지할 수 있으며, 숲의 귀중함을 이해하고 더욱 소중히 여기게 된다.

"……그래. 그래서 왕은 여태까지 한 번도 나를 그 숲에 데려가지 않은 건가."

내 아버지는 몸이 약해서 좀처럼 외출할 수 없었다.

따라서 왕은 내 아버지 노릇을 하려고 했으며, 가족 여행을 포함한 각종 외출 때 나를 자주 부르곤 했다.

하지만 왕이 매년같이 놀러 가는 렌트 숲만큼은 한 번도 같이 가자고 한 적이 없다.

"왕은 배려한 거야. 내가 그 숲에서 아무것도 감지하지 못하는 상황을 겪는 걸 피한 거지."

왕가의 피를 이어받는 자라면 누구나—— 왕도, 제1왕자도, 제2왕자도, 제3왕자도, 제1왕녀도, ……다들 느낄 수 있는 '따뜻한 기척'을 나만 감지하지 못하는 상황이 오면 틀림없이 의문을 느낄 테니까.

'나는 왕가의 일원인데 왜 피를 통해 내려오는 감응력을 발휘하지 못하는 거지?'라고.

——그렇다. 세라피나를 데리러 간 렌트 숲에서 나는 아무런 존재도 감지하지 못했다.

세라피나의 정령이 눈속임 마법을 풀고 난 뒤에야 처음으로 정령을 볼 수 있었을 뿐, 그때까지는 아무것도 느끼지 못했다.

즉, 그것이 답이었다.

"……나에게는 나브 왕가의 피가 흐르지 않는 거군……."

내 목소리가 조용한 방 안에 울려 퍼졌다.

그 목소리가 귀에 닿은 순간 불쑥 돌아가신 아버지는 이 사실을 알고 있었던 게 아닌지 추측했다.

나는 냉소적인 미소를 지었다.

"똑똑한 사람이었으니까 모를 리 없지……."

아버지의 이지적인 외모가 떠오르며 나 혼자만 아무것도 모른 채 어리석은 낙원에 있었다며 자기혐오에 빠졌다.

……계속해서 충고를 들었으면서 왜 나는 진짜 아버지가 아닐지도 모른다고 의심하지 않았던 걸까.

당연하다. 아버지가 아버지이길 바랐기 때문이다.

아아, 아버지가 진실을 알고 있었다면 괴로웠을 테지. 고민했을 테지.

아버지의 색을 전혀 물려받지 않은 나를 보는 건 어머니가 저지른 배신의 증거를 보는 것 같아서 괴로웠을 게 틀림없다.

아버지는 나를 사랑하고 아껴주었다고 믿고 있었으나 내가 부정한 아이임을 알면 확 달라진다.

──핏줄을 남기는 것이 가장 중요한 왕족, 그 피를 더럽힌 나를 아버지가 사랑할 수 있었을 리가 없다.

그런데도 사랑해준다고, 아껴준다고 느낄 만큼 아버지는 나에게 친절했다.

"감탄스러워……. 그런데 나는 눈치채지도 못하고, 아들로서 당연하다는 얼굴로 그 친절을 누렸던 거야……."

내 입에 담은 말에 속이 뒤집혔다.

그 후에도 계속해서 새 술병을 비웠으나, 내가 원했던 취기가 찾아오지는 않았다.

어머니는 나 말고 다른 아이를 낳지 않았다.

따라서 내가 부정한 아이인 이상 왕제(王弟)이자 유리시즈 공작인 아버지의 피를 이어받은 사람은 아무도 없다.

그런 가짜 아들을 키워야만 했던 아버지에게 새삼스럽게 내가 할 수 있는 일은 무엇일까.

답은 바로 나왔다.

『아버지의 피를 이어받지 못했다면 하다못해 뜻을 이어가야 한다.』

하지만 아버지의 뜻을 이어가기 위해 행동하는 건 아버지와 피가 이어져 있다고 믿던 때부터 이미 실천하고 있었다.

아버지는 나라를 위해 일하고 싶어하면서도 몸이 약해서 침상에 누워있기만 했으나, 본래대로라면 그 신분상 기사단의 수장인 기사단 총장직에 앉았을 것이다.

따라서 죽은 아버지 대신 기사단을 이끄는 총장직에 오르겠노라고 다시금 맹세했다.

다들 어렴풋하게 눈치챘다고 해도 내가 아버지의 아들이 아니라고 확실하게 단언할 수 있는 사람은 존재하지 않는다.

그렇다면 나는 아버지의 아들로서 훌륭하게 살며 아버지의 이름을 빛내며 이어받자.

그것이 피가 이어져 있지 않은 나를 받아들여 준 아버지에 대한 최소한의 보은이니…….

"세라피나, 머리를 말려! 그대로는 감기 걸린다고!"

하지만 그러한 훌륭한 뜻은 온데간데없이 요즘 나는 어린 사촌 동생에게 신나게 휘둘리는 나날이다.

왕과 왕비가 나에게 세라피나를 맡기기는 했지만 그게 아니라—— 순수하게 그녀를 돌보는 게 즐겁다는 이유로 계속 세라피나와 같이 있었다.

──세라피나는 아직 6살인데도 이미 훌륭한 성녀였다.

결코 여태까지 살아온 인생이 쉽지 않았을 것이다.

오랫동안 눈이 보이지 않았기도 했고, 별궁에서 불편하게 생활하는 등 많은 곤경이 있었겠지.

더불어 이 어린 나이에 다른 누구도 사용할 수 없는 마법을 구사하니 많은 노력을 했다는 건 틀림없다.

그럼에도 세라피나는 그런 고생이나 피로는 일절 보이지 않고 언제나 눈을 반짝이며 기쁘다는 듯이 웃는다…….

세라피나의 삶은 대단하다고 새삼 감탄하며 소파에 앉아 그녀의 머리카락을 말리고 있었더니 그 세라피나가 내 얼굴을 들여다보았다.

"시리우스, 괜찮아? 멍해."

"……네 앞에서만 멍하니 있는 거니까 눈감아 줘."

그렇게 대답하며 머리카락의 물기를 다 닦은 수건을 바구니 안으로 던졌다.

세라피나는 기쁘다는 듯 웃고는 나에게 찰싹 달라붙었다.

"시리우스, 그리폰 책 가져와 준 거야?"

테이블 위에 놓인 책 표지를 가리키며 세라피나가 물었다.

"그래. 네가 마물의 생태를 알고 싶다고 해서 도서실에서 괜찮아 보이는 책을 빌려왔어."

"고마워! 지난번에 나를 구해준 그리폰에 대해 공부하고 싶었거든. 기뻐!"

그렇게 말하더니 세라피나는 책을 들고 팔락팔락 넘기기 시작했다.

"그 황금색 그리폰은 나를 자기 새끼라고 착각했던 것 같아. 그날 나는 빨간색 드레스를 입고 있었으니까 그리폰의 새끼로 보인 거겠지."

"……그렇군. 자식으로 봤기 때문에 몸을 날려가며 널 지켰다는 건가. 피가 이어진 자식은 무엇보다도 소중하니까."

마물 이야기를 하고 있는데 그만 내 이야기로 치환해서 생각이 흘러간다.

……그렇다면 피가 이어지지 않은 나를 아껴준 아버지는 정말로 훌륭한 사람이구나…….

하지만 그건 어디까지나 내 심리 변화일 뿐 내 생각은 표정에도 말에도 일절 드러내지 않았는데…… 어째서인지 세라피나는 가만히 나를 바라보았다.

"……시리우스의 아버지는 돌아가셨지? 쓸쓸해?"

똑똑한 아이구나. 심장이 튀어 올랐다.

나는 평소처럼 행동했는데 아버지 생각을 하고 있다는 걸 읽어낼 줄이야.

하지만 세라피나가 추측한 내 심정은 실제로 생각했던 것과는 거리가 멀었기에 무심코 쓴웃음이 흘렀다.

"아니, 그건 아니야. 그렇게 뻔뻔한 생각은 못 하지."

"뻔뻔하다고?"

어리둥절한 표정으로 나를 올려다보는 세라피나 앞에서 나는 어째서인지 불쑥 진실을 말하고 싶은 충동에 사로잡혔다.

누구보다도 순수하고 아름다운 세라피나에게 참회하고 싶어진 건지도 모른다.

그래서 6살 어린아이에게 들려줄 만한 이야기는 아니라는 걸 알면서도 말이 툭 굴러나왔다.

"세라피나, 나는 아버지를 속였어. 나에게는 아버지의 피가 한 방울도 흐르지 않는데 오랫동안 아들로서 행동하며 아버지의 친절한 마음과 시간을 훔쳤지. 피가 이어지지 않으니 아버지가 나에게 애정을 쏟을 리도 없었는데."

내 이야기를 들은 세라피나는 어째서인지 시무룩해져서 고개를 숙였다.

"그건…… 시리우스는 이제 나와 같이 있기 싫다는 거야?"

"왜 그렇게 되는데?!"

세라피나의 말이 너무나도 뜻밖이었기 때문에 발언의 의도를 가늠하지 못하고 되물었다.

그러자 세라피나는 고개를 숙인 채 대답했다.

"시리우스는 피가 이어지지 않았으면 귀여워하지 않는다고 생각하는 거잖아? 그건 시리우스와 나 사이에 피가 이어지지 않았다는 걸 알았으니까 이제 나를 돌봐주기 싫다는 거야?"

세라피나의 지적에 나와 세라피나 사이에는 혈연적 연결고리가 하나도 없다는 걸 깨달았다.

하지만 그것과 애정은 전혀 별개다.

"바보 같은 소릴! 너와 같이 있고 싶은 건 네가 핏줄이라서가 아니야! 널 돌봐주는 걸 순수하게 즐거워하는 거라고!"

욱해서 반박하자 세라피나는 놀란 듯 눈을 크게 떴다.

"그럼…… 시리우스의 아버지도 마찬가지였던 거 아니야?"

"뭐라고?"

나는 절대 이해력이 나쁜 편은 아니지만 세라피나의 말은 맥락이 너무 없어서 진의를 파악하는 게 쉽지 않았다.

따라서 다시 되물었더니 세라피나는 생긋 웃었다.

"시리우스가 시리우스니까, 시리우스의 아버지는 시리우스가 귀여워서 아꼈던 거라고 봐."

"……아버지가. 그런 걸까?"

무심코 매달리듯이 확인하자 세라피나는 힘차게 고개를 끄덕였다.

"당연하지! 시리우스의 아버지라면 내 삼촌이잖아? 나랑은 아주 가까운 친척이니까 분명 비슷한 생각일 거야! 그러니까 알 수 있어! 내가 시리우스의 아버지라면 시리우스가 아주 자랑스러울 거고, 귀여울 거고, 아낄 거야!"

흥분해서 빨개진 얼굴로 말을 우다다 쏟아내는 세라피나의 모습에서는 언제나 침착하고 차분했던 아버지의 모습은 흔적도 없었다.

아마 이렇게까지 안 닮은 친척도 드물 것이다.

그래서 세라피나의 말에 설득될 리도 없었지만…… 어째서인지 내 가슴에선 조금 전까지 존재했던 비장감이 사라져 있었다.

대신 따뜻한 감정이 가슴을 채우기 시작했다.

"……그렇구나. 아버지와 가까운 핏줄인 네가 하는 말이라면 맞겠지."

작게 말을 흘리자 세라피나가 단호하게 긍정했다.

"응! 맞아, 시리우스!!"

세라피나는 그렇게 말하더니 뛰어올라 내 목에 두 팔을 감았다.

"시리우스, 아주 좋아해! 내가 이렇게 좋아하니까 시리우스의 아버지도 시리우스를 아주 좋아할 거야!!"

즐겁게 우후후 웃는 세라피나가 세상에서 가장 사랑스러워 보였다.

만약 아버지가 나에게, 지금 내가 느끼는 애정의 절반이라도 느꼈다면 아버지는 나와 함께 보내는 시간을 즐거워했을 것이다.

아버지가 나를 사랑하고 소중히 한다고 느꼈던 것은 아마도 착각이 아니었다.

세라피나를 만난 덕분에, 세라피나를 귀여워한 덕분에 처음으로 그 사실에 생각이 미쳤다.

같이 있기만 해도 즐겁고 뭐든 해주고 싶은, 이러한 감정이 존재한다는 걸 나는 처음으로 깨달았다.

"너는 언제나 나에게 새로운 것을 가르쳐주는구나."

세라피나의 어깨에 얼굴을 묻자 태양과 바람의 냄새가 났다.

"……세라피나는 진정한 성녀야. 항상 나에게 가르쳐주지. 이렇게나 어린 성녀에게 나는 매번 지기만 해."

갈라진 목소리로 속삭이자 세라피나가 머리를 홱 뒤로 돌리고는 내 얼굴을 들여다보았다.

"그렇다면 시리우스의 승리야. 가정교사 선생님이 '지는 게 이기는 것'이라고 알려줬거든."

그런 식으로 항상 나를 배려하는 말을 건네는 세라피나의 다정함에 무심코 입술이 곡선을 그렸다.

"그래. 네가 내 품 안에 있으니까 나는 틀림없이 모든 것을 손에 넣은 거야."

"시리우스?"

내가 무슨 말을 한 건지 이해하지 못하고 고개를 갸웃거리는 세라피나가 무척 귀엽다.

"최종적으로 네가 품 안에 있으니까 국지적인 승패에는 고집하지 말아야지. 즉 나는 네게 아름다운 것을 보여주겠다고 약속했지만 결국은 네가 아름다운 것을 보여줬을 뿐이라는 거다. 어쩔 수 없지……. 이렇게 된 거. 비유적인 표현이 아니라 물리적인 풍경에 의지해야겠어. 세라피나, 휴일을 잡고 아름다운 풍경을 보러 가자. 물론 네 정령도 함께."

세라피나에게 완벽히 패배한 나는 그녀에게 무조건 항복하기로 했다.

……그래. 세라피나와 함께 있는 건 내가 즐겁기 때문이다.

그렇다면 그녀와 함께 있는 걸 마음껏 만끽하자.

"어? 그래도 돼?"

"그래. 왜냐하면 세라피나, 이 여행은 날 위한 것이기도 하거든. 너와 있으면 내가 즐거워."

여태까지 내가 지은 표정 중 가장 자상한 얼굴로 세라피나를 향해 웃었다.

그러자 세라피나는 그보다 더한 미소를 돌려주었다.

……봐. 이런 식이니까 나는 매번 세라피나에게 패배한다.

그렇게 생각하면서도 내 가슴에는 즐겁고 밝은 기분이 샘솟았다.

앞으로 아버지를 생각할 때면 분명 내 출생을 알기 전처럼──아버지에게 순수한 애정을 느낄 수 있을 것이다.

──이렇게 나는 세라피나와 세라피나의 정령과 함께 여행을 떠나기로 했다.

실제로는 딱 셋이서만 떠날 수도 없었기에 24명의 기사들이 따라왔지만…… 그리고 어째서인지 여행지에서 '우연'히 왕을 만나게 되었지만, ……그건 여기서는 생략하기로 한다.

【SIDE 시리우스】 세라피나와 시리우스의 행복

　그것은 세라피나의 침실에서 그녀가 잠드는 걸 지켜보던 때의 일이다.

　테이블 위에 불빛을 하나만 켜 놓고 소파에 앉아 책을 읽고 있었는데, 문득 침대에 누운 세라피나가 움직인 것 같은 느낌이 들어서 고개를 들었다.

　그러자 반쯤 잠들었던 세라피나가 눈을 감은 채로 손바닥을 날름날름 핥고 있었다.

　"세라피나, 왜 손을 핥는 거지?"

　그녀의 동작이 의아해서 무심코 질문했다.

　그러자 세라피나는 눈을 뜨지 않은 채 졸린 목소리로 대답했다.

　"맛있으니까."

　"맛있다고?"

　전혀 예상치 못했던 말이 돌아오는 바람에 나는 세라피나의 말을 고스란히 따라 했다.

　하지만 세라피나는 이미 꿈나라에 간 건지 손을 침대 위로 툭 떨어트리고는 새근새근 숨소리를 내기 시작했다.

　그래서 세라피나가 한 말의 내용을 이해하지 못한 채 나는 앉아있던 의자에서 일어나 세라피나의 침대로 다가갔다.

그 후 감기에 걸리지 않도록 세라피나의 손을 이불 안으로 넣어주려다가 그녀의 손에서 단내가 풍기는 걸 깨달았다.

"……이거였군."

생각해보니 세라피나는 조금 전까지 달아 보이는 쿠키를 두 손으로 붙잡고 먹고 있었다. 곧 자야 하니까 그만 먹으라고 제지했더니 아쉬워하는 표정을 지으면서도 양치하러 갔는데……. 아무래도 그때 손은 씻지 않았던 모양이다.

그리고 쿠키의 냄새와 맛이 남아있는 손바닥을 자기 전 마지막 즐거움이라며 핥아먹은 거겠지.

"대단한데. 세라피나의 행동은 매번 내 예상을 뛰어넘어."

나는 진심으로 감탄한 뒤 수건을 물에 적셔서 그녀의 두 손을 닦았다.

세상일이란 그것이 무엇이든 어지간한 건 예상할 수 있다.

때로는 전혀 예상하지 못한 일도 일어나지만 그건 몹시 드문 일로, 세라피나만큼 매번 예상치 못한 일을 일으키는 현상도 없었다.

"자기 전에 손을 핥는 건 맛을 즐기기 위해서인가. ……세라피나에게서 답이 돌아올 때까지 나 나름대로 몇 가지 예상 답안을 떠올렸지만 전부 허탕이었다니. 내 발상도 아직 한참 빈약한 건가."

그렇게 혼잣말을 흘린 뒤 나는 세라피나를 내려다보았다.

"……행복해 보이는 얼굴로 자기는."

세라피나의 얼굴에 번진 실실거리는 표정을 보고 무심코 그렇게 중얼거렸다.

"세라피나는 대단해. 어떻게 해야 매일 즐거운지를 늘 생각하며 잠들기 직전 마지막 순간까지 실행하다니. 나는 바빠지면 그만 꼭 해야 하는 일을 소화하느라 벅차서 인생을 즐기려는 마음이 사라져버리지만……. 아니, 아니야. 어떠한 상황에서도 인생을 즐길 수 있다는 발상 자체가 여태까진 없었어."

나는 무의식중에 몸을 숙여 세라피나의 머리를 쓰다듬었다.

"인생을 즐긴다……. 너는 이렇게 어린데 나는 매번 네게 배우기만 하는구나."

세라피나는 새근새근 평온한 숨소리를 내고 있었는데, 별안간 한쪽 발을 번쩍 들어 이불을 차버리고는 입술을 우물거렸다.

"……내일 아침을 정했습니다. 버터 팬케이크예요……."

그 말을 듣자마자 자연스럽게 웃음이 치밀었다.

"……훗. 정말로 너는 자기 직전까지도 아니고 자는 동안에도 인생을 즐기기 위한 요구가 나오는군. 그게 전부 먹을 것 관련이라는 게 또 세라피나다워."

나는 세라피나의 이불을 고쳐 덮어준 뒤 그녀의 침실에서 조용히 나왔다.

그리고 주방으로 향했다.

——내일 아침으로는 버터를 듬뿍 바른 팬케이크를 내오라고 지시하기 위해.

다음 날 아침.

아침 식사로 나온 팬케이크를 보고 세라피나는 눈을 동그랗게 떴다.

"왜 그래? 세라피나."

천연덕스러운 표정으로 질문하자 세라피나는 팬케이크 조각을 입에 쏙 넣고는 표정근육을 흐물흐물 풀었다.

"시리우스, 아침 식사가 아주 맛있어! 어제 맛있는 팬케이크를 먹는 꿈을 꿨거든. 하지만 이 팬케이크가 꿈에서 먹은 것보다 몇 배는 더 맛있어! 꿈속의 팬케이크는 버터가 올라가 있었던 것뿐인데 이건 버터와 벌꿀이 올라갔잖아!"

"그래……. 잘됐네."

어젯밤, 주방에서 마무리 작업을 하던 요리사에게 아침 메뉴를 지시한 뒤 기사단 근무소에 들렀다가 싫어하는 기사들 세 명을 끌고 '별내림 숲'까지 다녀온 보람이 있었다.

왜냐하면 '별내림 숲'에 서식하는 마물, '와일드 레인보우 비'의 벌꿀은 통상적인 벌꿀보다 당도가 높기로 유명하기 때문이다.

『부총장님, 저는 야맹증이라서요! 아무것도 안 보이니까 도움이 안 됩니다!!』

『야 이, 왜 지난번에 부총장님 앞에서 '와일드 레인보우 비'의 벌집을 발견했단 소릴 한 거야! 덕분에 나까지 날벼락을 맞았잖아!』

『부총장님, 냉정함을 되찾아주십소! 그 벌꿀은 정말로 오늘 밤에 꼭 입수해야만 하는 겁니까?! 절대로 그런 거 아니잖아요?!』

……세 사람 모두 기운이 차고 넘치는 기사들이었다.

하지만 실력은 뛰어나서 달빛 속에서 바로 '와일드 레인보우 비'의 벌집을 찾아내더니 재빠르게 마물을 섬멸했다…….

"시리우스도 먹어봐! 정말로 맛있으니까."

세라피나의 목소리에 나는 퍼뜩 정신을 차렸다.

그러고는 반짝반짝 빛나는 커다란 눈이 기대하듯 바라보는 가운데 팬케이크를 한조각 잘라서 입에 넣었다.

신기하게도 그 팬케이크는 여태까지 먹은 것 중에 가장 맛있었다.

왕성 요리사들이 만드는 요리의 맛이 그날그날 바뀔 리도 없고, 여태까지 '와일드 레인보우 비의 벌꿀'을 사용한 요리를 여러 번 먹어봤는데도 불구하고.

그때와 다르게 지금 바뀐 것이 있다면, ……즐겁다는 듯 쳐다보는 세라피나가 있다는 것 정도다.

"그래, 세라피나로 맛이 바뀌는 거구나."

"어?"

입에 팬케이크를 가득 쑤셔 넣은 세라피나가 물어보는 눈빛으로 나를 쳐다보았으나, 그 얼굴이 도토리를 볼주머니에 가득 담은 다람쥐와 똑같았기 때문에 무심코 웃음이 흘렀다.

"하하하하하, 네가 있기만 해도 세상이 밝아져!"

"시리우스……?"

팬케이크를 먹고 싶지만 대화도 하고 싶은 듯한 세라피나를 보고 내 얼굴에 다시 웃음이 번졌다.

"뭐야, 내 이름도 제대로 발음이 안 되고 있잖아. ……세라피나, 왕이 부탁했을 때 널 데리러 가는 역할을 거절하지 않아서 진심으로 다행이야. 널 만난 건 나에게 최고의 행운이었으니까. 네가 있어 주는 한 나는 계속 행복할 수 있을 거다."

세라피나에게 한 말── 그것은 내 진심에서 우러난 말이었다.

그리고 10년 뒤, 나는 그 말의 의미를 절절히 실감하게 된다.
『세라피나가 있어 주는 한 나는 행복하다.』
──내 말은 틀리지 않았다.

전생한 대성녀는
성녀임을 숨긴다 ZERO

세븐

세라피나가 계약한 정령 소년. 세라피나만 볼 수 있었으나 나중에 시리우스의 눈에도 보이게 된다.

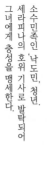

카노푸스 블라제이

소수민족인 '날도민' 청년. 세라피나의 호위 기사로 발탁되어 그녀에게 충성을 맹세한다.

세라피나 나브

홍색 머리카락과 황금색 눈동자를 지닌 나브 왕국의 제2왕녀. 태어났을 때부터 눈이 보이지 않았기 때문에 숲속에서 은거하듯이 살았으나, 그 후 시력을 되찾고 왕도로 돌아온다. 아직 어린 나이임에도 성녀로서 파격적인 능력을 지녔다.

시리우스 유리시즈

약관 19살의 나이에 나브 왕국 각수 기사단의 부총장이자 유리시즈 공작가의 가주. 국왕의 조카이기도 하며 은발에 은백색 눈동자를 지닌 미남으로, 왕국 최강의 검사.

프로키온 나브

세라피나의 아버지. 국왕.

스피카 나브

세라피나의 어머니. 왕비.

베가 나브

세라피나의 오빠. 제1왕자.

카펠라 나브

세라피나의 오빠. 제2왕자.

리겔 나브

세라피나의 오빠. 제3왕자.

샤울라 나브

세라피나의 언니. 제1왕녀.

웨젠 발트

나브 왕국 각수 기사단 총장.
호쾌한 성격으로 인망도 있지만 서류작업을 싫어한다.

나브 왕국 왕가 가계도

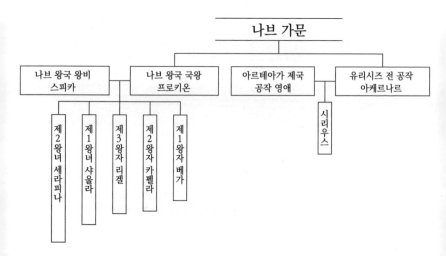

전생한 대성녀는
성녀임을 숨긴다 ZERO

후기

읽어주셔서 감사합니다!

이 작품은 『전생한 대성녀는 성녀임을 숨긴다』의 스핀오프입니다.

본편에서 주인공은 세라피나가 죽고 다시 태어난 성녀인데, 스토리가 진행되면서 '지난 생의 이야기'가 중간중간 나옵니다.

이 '지난 생의 이야기'를 조금 더 쓰고 싶어져서 실제로 써 봤더니 본편의 흐름을 깨버릴 정도의 분량이 되는 바람에 스핀오프라는 형태로 나오게 되었습니다.

본편과 마찬가지로 chibi님에게 일러스트를 부탁드렸으니 양쪽 다 읽어주시는 분들께도 세계관이 흔들리지 않는 작품을 보여드릴 수 있었지 않았나 합니다.

그 일러스트가 변함없이 멋있었습니다! 주요 캐릭터는 미형이고, 세븐의 복장 디자인도 좋고, 원근감이 느껴지는 배경은 중후하고. 이번에도 완벽한 일러스트를 그려주셨습니다.

chibi님, 매번 매력적인 일러스트를 그려주셔서 감사합니다!

자, 그래서 본편 말인데요. 이 작품이 시리즈 누계 100만 부를 돌파했습니다!

여러분께서 읽어주신 한 권, 한 권이 축적되어 100만 부가 된 거죠.

너무나 기쁘고 감사한 일입니다. 전부 읽어주신 여러분 덕분입니다.

많은 분께서 읽어주신 것만으로도 정말 기쁩니다! 감사합니다!!

(다음 권도 나오니까 계속해서 잘 부탁드립니다.)

그런데 이 작품에서 시리우스나 세라피나가 말을 타는 장면이 나오는데요. 저도 잠깐이긴 하지만 말을 탄 적이 있습니다.

영국에서 채식하는 소녀에게 승마를 배웠죠.

"나는 말을 좋아하고 말은 친구니까 고기는 하나도 안 먹어."

라고 생글생글 이야기하는 금발벽안 소녀에게 '저는 말고기 꼬치를 먹은 적이 있습니다'라고는 도저히 말할 수가 없어서 '저도 채소 좋아해요'라고 대답했습니다.

그 소녀는 기본적으로 계속 말과 함께 지내며 하나부터 열까지 돌봐주곤 했는데, 그래서 말을 아주 잘 다루더라고요.

그런 소녀를 선생님으로 삼고 배웠더니 마지막엔 말을 타고 숲속을 달릴 수 있게 되었습니다.

조용한 숲속에서 바람을 가르고 말을 달리는 건 아주 기분 좋고 즐거웠습니다.

경치 구경에 정신이 팔려서 상체를 덜 굽히는 바람에 가지에 걸려 떨어지기도 했지만 그래도 즐거웠으니 그 쾌감은 진짜일 겁니다.

　언젠가 또 그 숲을 찾아가고 싶다고 생각하며 열심히 살고 있는 요즈음입니다.

　마지막으로 여기까지 읽어주셔서 감사합니다.

　이 작품이 책으로 나올 때까지 힘써주신 여러분, 읽어주신 여러분, 정말로 감사합니다.

　신작이라 힘들기는 했지만 즐겁게 작업했습니다.

　대성녀의 새로운 이야기를 기대해주시기를!

전생한 대성녀는
성녀임을 숨긴다 ZERO

A Tale of The Great Saint ZERO Vol. 1
©2022 by touya / chibi
First published in Japan in 2022 by touya / chibi
Korean translation rights reserved by Somy Media, Inc.
Under the license from EARTH STAR Entertainment Co., Ltd. Tokyo JAPAN
Korean translation rights ©2024 by Somy Media, Inc.

전생한 대성녀는 성녀임을 숨긴다 ZERO 1

2024년 7월 15일 1판 1쇄 발행

저　　　자 토야
일 러 스 트 chibi
옮 긴 이 현노을
발 행 인 유재옥
담 당 편 집 정영길

부 사 장 이왕호
이　　　사 조병권
출판본부장 박광운
편 집 1 팀 박광운 최서영
편 집 2 팀 정영길 조찬희 박치우 정지원
편 집 3 팀 오준영 이소의 권진영
디자인랩팀 김보라 박민솔
디지털사업팀 박상섭 김지연 윤희진
라이츠사업팀 김정미 맹미영 이윤서
영업마케팅팀 최원석 박수진 이다은
물 류 팀 허석용 백철기
경영지원팀 최정연
인쇄제작처 ㈜코리아피엔피
발 행 처 ㈜소미미디어
등　　　록 제2015-000008호
주　　　소 서울시 마포구 토정로222, 502호 (신수동, 한국출판콘텐츠센터)
판매 및 마케팅 (070) 8822-2301

ISBN 979-11-384-2766-1 04830
ISBN 979-11-384-2765-4 (세트)